Un désir interdit

W0418503

KATE SUMMER

Un désir interdit

AZUR

HARLEQUIN

Collection : Azur

© 2021, HarperCollins France.

Ce livre est publié avec l'autorisation de HARLEQUIN BOOKS S.A.

Tous droits réservés, y compris le droit de reproduction de tout ou partie de l'ouvrage, sous quelque forme que ce soit.
Toute représentation ou reproduction, par quelque procédé que ce soit, constituerait une contrefaçon sanctionnée par les articles 425 et suivants du Code pénal.

Si vous achetez ce livre privé de tout ou partie de sa couverture, nous vous signalons qu'il est en vente irrégulière. Il est considéré comme « invendu » et l'éditeur comme l'auteur n'ont reçu aucun paiement pour ce livre « détérioré ».

Cette œuvre est une œuvre de fiction. Les noms propres, les personnages, les lieux, les intrigues, sont soit le fruit de l'imagination de l'auteur, soit utilisés dans le cadre d'une œuvre de fiction. Toute ressemblance avec des personnes réelles, vivantes ou décédées, des entreprises, des événements ou des lieux, serait une pure coïncidence.

Le visuel de couverture est reproduit avec l'autorisation de :

© SHUTTERSTOCK/SVITLANA SOKOLOVA/ROYALTY FREE

Tous droits réservés.

HARPERCOLLINS FRANCE
83-85, boulevard Vincent-Auriol, 75646 PARIS CEDEX 13
Service Lectrices — Tél. : 01 45 82 47 47 - www.harlequin.fr
ISBN 978-2-2804-5597-8 — ISSN 0993-4448

Composé et édité par HarperCollins France.
Imprimé en octobre 2021 par CPI Black Print (Barcelone)
en utilisant 100% d'électricité renouvelable.
Dépôt légal : novembre 2021.

MIXTE
Papier issu de sources responsables
FSC® C159065
FSC
www.fsc.org

Pour limiter l'empreinte environnementale de ses livres, HarperCollins France s'engage à n'utiliser que du papier fabriqué à partir de bois provenant de forêts gérées durablement et de manière responsable.

Prologue

Nikos Tsarakis immobilisa son coupé décapotable au bord de la route et en descendit pour contempler la vue.

De là où il était, il surplombait un des plus beaux sites de l'île croate de Rab, dans l'Adriatique. La presqu'île de Lopar avait en effet la particularité d'abriter de splendides plages de sable fin, rares dans le pays.

Le ciel était d'un bleu intense, sans un nuage. Tout autour, la colline rocheuse était couverte d'une garrigue odorante au cœur de laquelle les cigales, infatigables, scandaient leur chant strident et monotone. Un peu plus bas, on apercevait deux criques se découper et la mer à perte de vue, d'un bleu de plus en plus intense.

Un paysage paradisiaque.

Bientôt, ces terres seraient la propriété de Tsarakis Inc. Et il y ferait construire un des plus beaux ensembles touristiques de l'Adriatique. La Croatie misait sur le tourisme pour développer son économie, et il saurait en tirer un gigantesque profit.

Sentant une légère brise venir jouer dans ses cheveux, il sourit avec arrogance.

Tout ce qui venait augmenter la fortune et la gloire des Tsarakis le remplissait de fierté : ces dernières années, son frère Sacha et lui avaient œuvré sans relâche à accroître la taille et la puissance de leur groupe, faisant de celui-ci l'un des plus importants au monde dans le domaine de la promotion immobilière.

Son actuel projet d'acquisition était en bonne voie. Plus que quelques étapes et le groupe posséderait ce terrain exceptionnel.

À cette pensée, il sentit l'énergie pulser en lui. Se fixer un objectif et faire tout ce qu'il fallait pour l'atteindre lui procurait une jouissance infinie. À vrai dire, rien ne le rendait plus heureux. C'était du même ordre que ce qu'il éprouvait grâce à la vitesse grisante d'un jet-ski, mais multiplié par mille.

Dès que l'affaire serait conclue, il mettrait une équipe d'architectes à l'œuvre. Il savait précisément lesquels il voulait recruter : la plupart avaient déjà travaillé pour lui en Grèce, ce qui faciliterait les choses. Ils connaissaient l'esprit Tsarakis, ils savaient ce qu'il voulait.

Plus tard débuterait le chantier, qu'il surveillerait régulièrement, comme d'habitude. Il adorait voir les murs sortir de terre ; c'était comme une naissance. En parallèle, il travaillerait déjà à son prochain projet en Cornouailles.

Nikos revint vers sa voiture et s'installa au volant avant de démarrer et de prendre de la vitesse, le visage fouetté par le vent.

Quand il serait de retour à Athènes, en fin de journée, il appellerait Angela. Ce top model sublime était toujours partant pour s'amuser et passer la nuit avec lui, et c'était exactement ce dont il avait besoin dans les heures à venir. Voilà ce qu'il appréciait, des histoires agréables, rapides et sans complications avec des femmes réalistes et lucides, qui ne cherchaient pas à lui faire perdre son temps.

De cette façon, il avait le sentiment d'équilibrer à la perfection son travail - sa priorité absolue - et son existence de célibataire.

Si un jour il cessait d'éprouver ce sentiment de plénitude, il arrêterait tout et se lancerait dans autre chose.

Mais ce moment n'était pas près d'arriver. Et, pour l'instant, il savourait chaque seconde de sa vie.

1.

Mois d'août, Toscane

En entendant la porte d'entrée s'ouvrir au rez-de-chaussée, Lisa leva le nez de l'ouvrage d'architecture gothique dans lequel elle était plongée.

Son père rentrait si tôt ? Elle regarda le réveil posé sur sa table de nuit. Déjà 18 heures ! C'était elle qui n'avait pas vu l'après-midi passer…

Au déjeuner, son père lui avait dit qu'après avoir travaillé à sa comptabilité - une tâche qu'il n'appréciait guère, mais à laquelle il devait régulièrement se soumettre - il irait chercher à la gare de Sienne les touristes anglais qui avaient loué l'un de leurs deux gîtes pour la semaine.

Elle lâcha son livre et se leva d'un bond.

Depuis que son père avait eu une alerte cardiaque, l'an passé, elle se faisait sans cesse du souci pour lui. Elle aurait tellement voulu qu'il ralentisse le rythme au travail… Mais impossible, il avait une passion pour la maison, son jardin, les gîtes, l'écurie, et il refusait de changer quoi que ce soit à son organisation. Depuis la mort de sa femme, dix ans plus tôt, il continuait de se vouer corps et âme à ce qui avait été leur projet commun. Laisser tomber, en faire moins, cela aurait signifié trahir sa mémoire.

Certes, le médecin avait récemment confirmé qu'il

allait bien : après son malaise, son père avait pris du repos, fait un peu de sport - une grande première - et perdu un peu de poids. Bref, même s'il devait dorénavant suivre un régime et prendre un traitement, tout semblait être rentré dans l'ordre.

Sauf qu'elle avait peur, et qu'elle le surveillait avec attention. Sa mère n'étant plus là pour le faire, qui, à part sa sœur et elle, aurait pu ainsi s'occuper de lui ?

Ces derniers temps, elle savait qu'il avait de nouveaux motifs d'inquiétude : des travaux étaient à prévoir dans les gîtes, l'écurie aurait eu besoin d'un sérieux rafraîchissement. De façon générale, il avait des difficultés à faire face aux énormes frais d'entretien et aux charges du domaine.

— Papa, c'est toi ? cria-t-elle du haut de l'escalier.

— Oui, ma chérie.

Le sourire de Lisa s'élargit quand elle pénétra dans la vaste cuisine. Le soleil de la fin d'après-midi filtrait à travers les persiennes tirées, et dorait la pièce chaleureuse aux murs couleur miel et aux carreaux de faïence bleu et blanc.

Son père, debout devant l'évier, s'était servi un grand verre d'eau. C'était un bel homme de haute stature, les traits à la fois distingués et burinés par le travail quotidien au grand air. Ses cheveux avaient beau grisonner, il n'avait rien perdu de son charme. C'était de lui que Maria et elle tenaient le vert très clair de leurs yeux. Leur mère leur avait, quant à elle, légué ses épais cheveux auburn et sa peau diaphane d'Anglaise.

— Tout va bien ? demanda-t-elle.

Il prit un air étonné.

— Mais oui, pourquoi voudrais-tu que ça n'aille pas ? J'ai installé les nouveaux locataires, qui ont, ma foi, l'air très sympathique. Ils viennent de Londres : un couple avec deux enfants. Ils ont réservé des chevaux et des poneys, et ils passeront demain matin pour que je leur indique quelques balades faciles à faire à partir de la maison. Tout à l'heure, Felipe les emmènera avec leurs enfants visiter le jardin, voir les lapins et les poules. Un succès garanti ! Quant à moi, je me repose. Je suis sûr que cela te fait plaisir, n'est-ce pas ? demanda-t-il d'un ton gentiment moqueur.

Lisa lui donna une petite tape affectueuse sur l'épaule.

— Et si je préparais le dîner ? proposa-t-elle avec entrain. Maria ne va pas tarder à rentrer, elle aussi, nous serons tous les trois. Je peux faire des *penne alla siciliana*, comme tu les aimes !

— C'est toujours un plaisir de dîner en tête à tête avec mes deux filles. J'en profite avant que vous ne me rameniez des gendres à la maison… Quelle perspective affligeante ! s'écria-t-il en faisant mine d'être atterré. Sans compter qu'aucun homme sur terre ne pourra jamais être digne de vous, je maudis déjà vos futurs époux, qui m'empêcheront de vous voir en toute exclusivité ! Ils seront constamment dans mes pattes…

Lisa se mit à rire en entendant la plaisanterie habituelle de son père.

À vrai dire, jusqu'à présent, aucun homme ne l'avait intéressée. À vingt-six ans, elle n'avait eu que des histoires sans grande importance, qui l'avaient à peine fait frissonner. Pourquoi se donner tant de mal pour une chose qui manquait de saveur, contrairement à ce que tout le monde racontait ? Ce qu'elle désirait, elle, c'était travailler, faire ce qui lui plaisait, être indépendante.

Si un jour elle aimait un homme, vraiment, elle voulait qu'il la comprenne et ne cherche pas à l'emprisonner, et elle voulait pouvoir l'admirer sans réserve.

C'était le minimum. Et ce minimum semblait hors de portée, du moins pour l'instant.

— Qu'est-ce que tu racontes ? Nous pourrons *toujours* dîner tous les trois, papa ! Tu le sais bien.

Son père lui adressa un regard pénétrant.

— Ma chérie, quand tu auras trouvé l'homme de ta vie, tu ne voudras plus dîner sans lui.

Elle haussa les épaules.

— Nous verrons bien et, crois-moi, ce jour n'est pas encore arrivé. Je suis certaine que Maria se mariera avant moi. Elle croit en l'amour, elle.

Son père lui sourit avec tendresse.

— Vous avez beau vous ressembler comme deux gouttes d'eau, vous êtes bien différentes, Maria et toi. C'est vrai, elle est très romantique et toi… tu es plus rationnelle. Quoi qu'il en soit, ajouta-t-il d'un ton faussement candide, avec un gentil mari, peut-être que l'une d'entre vous se laissera finalement tenter par la reprise de l'affaire familiale ?

— Oh ! papa, tu sais bien que ce n'est pas du tout ce que j'envisage pour l'avenir…

Il leva les mains pour l'arrêter.

— Je sais, je sais… Ne t'inquiète pas, Lisa. Toi et Maria n'avez jamais souhaité travailler au domaine, et nous l'avons toujours admis, ta mère et moi. Mais parfois les choses changent et on prend des chemins inattendus qu'on n'aurait pas imaginés.

Lisa se mordit la lèvre, hésitant à poursuivre.

— Mais toi, papa, tu ne songes pas à vendre ? À passer le flambeau ? Felipe serait sans doute intéressé…

Le regard de son père se durcit un instant – Lisa détestait cela tant elle était habituée à sa gentillesse. S'il savait se montrer ferme, il se mettait rarement en colère.

— Jamais, déclara-t-il d'un ton buté. Sans le domaine, sans mon travail, je ne suis rien.

Elle haussa les épaules.

— C'est faux, tu pourrais encore faire plein de choses. Et puis nous sommes là, Maria et moi.

Le visage de son père retrouva sa douceur habituelle.

— Je sais… Mais je considère qu'il ne faut jamais abandonner ses passions, ne serait-ce que pour donner un bon exemple à ses enfants. Je ne vendrai pas avant de ne plus pouvoir travailler du tout, ce qui ne se produira pas avant de nombreuses années, je l'espère. Quand viendra le moment de trouver un successeur, je le ferai. Et, si Felipe est encore là, ce pourrait bien être lui, en effet.

Âgé de tout juste trente ans, Felipe était le bras droit énergique et intègre de son père depuis un an, et les deux hommes s'entendaient très bien.

Lisa s'approcha et déposa un baiser sur la joue de son père.

— Et si nous l'invitions à dîner, d'ailleurs ?

Il lui sourit.

— C'est une excellente idée. Et toi, ma grande ? Où en sont tes affaires ? As-tu eu une réponse pour la Croatie ?

Elle eut une grimace de dépit.

— Non… Pas encore. J'ai bien peur que ce ne soit mauvais signe.

— Ne te décourage pas. Si je suis capable de te tenir tête quand tu essayes de me faire prendre une retraite anticipée, tu peux bien trouver la force de patienter encore un peu, ajouta-t-il en riant.

Cela faisait une semaine qu'elle attendait une réponse de la part de Roberto Paoli, architecte reconnu en Italie pour ses constructions durables.

Elle avait postulé pour intégrer son équipe, qui devait concevoir un lotissement bioclimatique sur l'île de Rab, en Croatie, dans l'Adriatique. Un rêve pour elle qui avait achevé deux ans plus tôt ses études à l'école d'architecture de Florence.

Après avoir obtenu son diplôme, elle avait décroché deux contrats au sein de petites agences d'architectes, dont le dernier avait pour objectif l'éco-rénovation d'un immeuble dans la banlieue de Florence. Elle avait adoré cette dernière mission, et elle rêvait de se lancer à nouveau dans ce type d'aventure, cette fois à l'étranger et avec plus de moyens.

C'était Giuseppe Antonioni, son ancien professeur de master en bio-construction et habitat durable, qui l'avait incitée à postuler et aidée à préparer son dossier. Il connaissait bien Roberto Paoli, et il l'avait aisément convaincue qu'elle pourrait acquérir une solide expérience auprès de lui.

« C'est un projet très intéressant, Lisa, je pense que cela pourrait achever de vous lancer dans le milieu. Vous savez comment cela fonctionne : une mission en entraîne une autre. Roberto est un vieil ami, il portera un regard bienveillant sur votre candidature, même si vous êtes encore jeune et peu expérimentée. »

Enthousiasmée, Lisa avait potassé à fond l'histoire de la Croatie : ses îles, son architecture, les spécificités de la faune et de la flore, les conditions hydrauliques, la nature des terrains… Fin prête, elle avait passé un entretien à Rome avec Roberto Paoli, un homme distingué d'une cinquantaine d'années qui lui avait expliqué avoir conclu un contrat avec un promoteur immobilier croate.

« Je cherche maintenant des professionnels passionnés et ouverts aux innovations, intéressés par l'écologie. Vous appartenez à cette nouvelle génération, Lisa. C'est votre tour de modeler le monde selon vos rêves et vos convictions. »

Dès le début, Roberto Paoli l'avait conquise par ce discours. Et puis, passer six mois en Croatie, d'abord sur l'île de Rab et ensuite dans une agence de Zagreb pour travailler à un projet dont la philosophie l'inspirait : quelle perspective enthousiasmante pour lancer sa carrière !

Mais son expérience limitée serait-elle suffisante pour lui ouvrir les portes de l'équipe ?

En sortant du bureau de Roberto Paoli, dans le centre de Rome, Lisa avait eu l'impression que l'entretien s'était bien déroulé, et qu'elle lui avait donné envie de la recruter. Mais il lui avait promis une réponse rapide… qu'elle attendait encore.

Sa sœur et elle avaient toujours eu des goûts très affirmés : Lisa pour l'architecture, Maria pour les langues – cette dernière s'était spécialisée dans le chinois et travaillait à présent comme interprète pour une grande entreprise de Florence, avec un succès prometteur.

Leur réussite à toutes deux n'aurait pas été possible sans le soutien de leurs parents, un soutien qui était resté indéfectible chez leur père, même après la mort de leur mère. Il les avait laissées libres de choisir leur voie, à la seule condition qu'elles s'y consacrent à fond, avec courage et ténacité.

Cette éducation avait porté ses fruits.

Aujourd'hui, Lisa voulait lui prouver qu'elle avait mérité cette confiance. D'autant plus qu'elle avait conscience des importants efforts financiers que leurs études avaient représentés pour lui. Quelques années plus tôt, il avait en effet dû souscrire un prêt pour payer leur école et le loyer du petit appartement de Florence qu'il avait déniché pour elles, afin qu'elles n'aient pas à faire chaque jour un long trajet en voiture.

Si elle était recrutée pour ce projet en Croatie, elle pourrait aider son père à rembourser ce prêt. Peut-être même serait-elle en mesure de contribuer quelque peu aux travaux du domaine ?

Si elle pouvait soutenir son père, elle le ferait sans hésiter.

Soudain, son cœur se serra. Certes, elle avait soif de prendre son envol, de voyager, d'accomplir de grandes choses. Mais quitter la maison pour de bon, s'éloigner de son père et de sa sœur ne serait-ce que pour six mois, ce serait aussi très difficile, elle le savait.

Elle soupira. Allons, elle n'en était pas encore là. Avant de s'inquiéter, elle devait attendre que Roberto Paoli lui réponde…

Avant de se mettre à la confection du dîner, Lisa se prépara un thé, noir avec du lait et du sucre, comme elle l'aimait. Cette boisson avait la faculté miraculeuse de la réconforter, quelle que soit son humeur : c'était sa mère, grande amatrice de thé, qui lui en avait révélé les vertus.

Sa tasse à la main, elle s'assit sur les marches du perron, le regard perdu vers l'allée de cyprès qui menait à la grille de la propriété, et vers les douces collines dans laquelle celle-ci se nichait.

Quinze ans plus tôt, sa mère avait eu l'idée de convertir en gîtes les dépendances de la vieille demeure familiale, et qu'ils fassent eux-mêmes les travaux. Et, grâce au succès qu'ils avaient rencontré à l'époque, leur ancienne maison en pierre de deux étages, typique de la Toscane, avait alors retrouvé son lustre d'antan. Située non loin d'un petit village médiéval entouré d'un rempart, elle était aussi proche de Sienne, et à une cinquantaine de kilomètres de Florence : un emplacement idéal pour séduire les touristes.

Tout autour de la maison se déployait un petit jardin en terrasses, une véritable œuvre d'art créée et entretenue par son père. Des grenadiers, des glycines, des citronniers, des rosiers s'y épanouissaient avec volupté… Des bassins, des passerelles et des ponts de pierre, dans le style des jardins toscans du quattrocentro, y ménageaient des recoins et des cachettes qui avaient fait leurs délices de petites filles. Avec Maria, elle avait joué pendant des heures dans ce jardin, terrain idéal pour leur imagination fertile et insatiable. Tour à tour aventurières, exploratrices, archéologues, agents secrets ou encore astronomes, elle ne comptait plus les formidables exploits qu'elles y avaient accomplis.

Et puis, bien sûr, il y avait l'écurie, la passion de leurs parents.

Lisa aimait tellement cet endroit… Elle savait que, si son père vendait un jour le domaine, elle ne pourrait plus s'y ressourcer, y habiter entre deux missions.

Ce serait pour son bien à lui, mais en son for intérieur cela la terrifiait.

— Lisa, une lettre pour toi ! *Une lettre de Roberto Paoli !*

Tenant en l'air le pinceau avec lequel elle était en train de repeindre le cadre d'une des fenêtres du salon, au rez-de-chaussée, Lisa se pencha et apostropha sa sœur Maria, qui s'époumonait en remontant l'allée d'un pas rapide.

— Plutôt que de crier comme ça, dépêche-toi de me donner cette lettre !

— Que tu es pudique ! s'exclama Maria en riant. Si je ne crie pas, les voisins ne sauront pas que tu as reçu *la* lettre que nous attendons tous depuis dix jours.

Lisa leva les yeux au ciel.

— Et, si la réponse est négative, tu veux aussi que tout le monde soit au courant ?

Maria fit la moue.

— Une réponse négative ? Pff… Comment croire un instant que le grand Roberto Paoli soit resté insensible à ton charme irrésistible ? J'en parle d'autant plus librement que je suis ta jumelle !

Lisa grimaça un sourire et essuya ses mains moites d'anxiété sur son short en jean.

Maria, elle, était toujours enjouée, quoi qu'il arrive. À ses côtés, on avait l'impression que rien de mal ne pouvait arriver. Des deux sœurs, elle était la plus délurée et la plus optimiste ; elle-même était plus pondérée et se tracassait toujours pour les autres, trop, sans doute. En dehors de cela, elles se ressemblaient à s'y méprendre, sauf qu'elle avait un grain de beauté sur la joue droite, et pas Maria.

— Vas-y ! lui dit celle-ci. Ouvre cette satanée lettre, je n'en peux plus d'attendre !

Les mains tremblantes, Lisa prit la lettre que lui tendait sa sœur par la fenêtre du salon et ouvrit l'enveloppe avec maladresse.

Une lecture en diagonale lui suffit.

— Maria…

— Alors ?

— J'ai été prise ! s'exclama-t-elle d'une voix étouffée par l'émotion.

Sa sœur se mit à sautiller sur place.

— Je le savais ! Tu es la meilleure !

Lisa éclata de rire. Comme elle était heureuse, soudain, et soulagée de son appréhension ! Dix jours qu'elle attendait ! Elle allait partir à l'étranger, découvrir un lieu exceptionnel, travailler avec de talentueux architectes…

Quelle chance inouïe !

— Quand pars-tu ? demanda Maria.

— Je ne sais pas… Attends…

Elle relut la lettre, cette fois avec attention.

— Dans un mois. Je… Je dois y être à la mi-septembre.

— C'est formidable ! Comme je suis heureuse pour toi ! Et en plus nous avons un mois devant nous pour passer du temps ensemble avec papa. On va faire des balades à cheval, des pique-niques, des feux de cheminée, plein de choses pour que tu ne puisses pas nous oublier, ajouta-t-elle d'un ton malicieux.

— Oh ! Maria, comment veux-tu que je vous oublie ? s'écria Lisa, les yeux soudain emplis de larmes d'émotion. Vous allez tellement me manquer…

Maria se pencha par l'encadrement de la fenêtre et la serra dans ses bras.

— Ma sœur chérie, toi aussi, tu vas me manquer. N'oublie pas que je serai ici pendant ton absence, et que je pourrai veiller sur papa pendant que tu te feras bronzer sur les plages paradisiaques de Croatie. Tu n'as donc aucun souci à te faire, pas vrai ?

Lisa hocha la tête en souriant.

— Je sais, Maria. Merci…

— Tu n'as pas à me remercier ! Ensuite, je te passerai le relais.

— Marché conclu !

Une fois seule dans sa chambre, Lisa s'assit sur son lit pour calmer son agitation intérieure. Elle avait l'étrange impression que tout s'accélérait, et qu'elle ne contrôlait plus vraiment ce qui se passait.

Alors que son projet se concrétisait enfin, elle réalisait pleinement ce que cela signifiait : six mois d'éloignement pour elle qui n'avait jamais quitté son père et sa sœur jumelle plus d'une semaine.

Avait-elle pris la bonne décision ? Une petite voix lui soufflait que oui… Mais elle allait devoir contenir son inquiétude et se persuader que son père et sa sœur sauraient se débrouiller sans elle.

Tout comme elle allait devoir leur prouver, et se prouver à elle-même, qu'elle était capable de se débrouiller seule, elle aussi.

2.

Après avoir vérifié une dernière fois sa liste, Lisa, satisfaite, boucla sa grosse valise, posée sur son lit.

Elle avait tout : son ordinateur et son chargeur étaient dans son sac à dos ; ses papiers, son argent, son portable et son billet d'avion, dans son sac à main. Dans sa valise se trouvaient ses livres, ses carnets de notes et de croquis, ses vêtements, ses sandales, sa trousse de toilette, et même un chapeau de paille pour le cas où elle devrait travailler dehors au soleil. En automne, celui-ci pouvait encore briller intensément au bord de l'Adriatique. D'ailleurs, elle avait aussi glissé un maillot de bain dans ses bagages : elle espérait pouvoir profiter de la mer et se baigner tous les jours. Elle aimait tellement nager !

Elle soupira. Dire que, dans quelques heures, elle allait découvrir la Croatie…

Peu de temps après sa lettre d'embauche, un contrat en bonne et due forme ainsi qu'un billet d'avion étaient arrivés, accompagnés d'une courte lettre de Roberto Paoli lui expliquant qu'il viendrait la chercher à son arrivée à l'aéroport de Split. Cela la rassurait d'avoir ces papiers dans son sac, car depuis elle n'avait pas eu de nouvelles de la part de l'éminent architecte.

Elle jeta un coup d'œil par la fenêtre. Son père l'attendait à la grille du jardin, près de son vieux 4x4.

Son cœur se serra.

Voilà, elle partait.

Dans une heure et demie, elle serait à l'aéroport de Bologne et prendrait son vol pour Split. De là, Roberto Paoli et elle se rendraient ensuite en voiture à Jablanac, le port d'où partait le ferry assurant la liaison avec l'île de Rab.

Le souffle rendu court par l'émotion, elle saisit la poignée de sa valise avant de jeter un dernier coup d'œil à sa chambre, celle qu'elle occupait depuis l'enfance et qui avait beaucoup évolué au fil du temps. Cinq ans plus tôt, elle avait enfin enlevé ses derniers posters d'adolescente et repeint les murs en un élégant gris perle. En dépit de toutes les métamorphoses qu'elle avait connues, c'était *sa* chambre, depuis toujours.

C'était chez elle.

Comment allait-elle se sentir, loin d'ici ?

Très bien, et tu vas t'en sortir haut la main. Tu ne pars que six mois, lui souffla une petite voix. Ses yeux s'emplirent de larmes. Sa mère aurait pu prononcer ces deux petites phrases pour lui insuffler du courage. Elle n'était plus là, mais Lisa avait souvent l'impression de la sentir tout près d'elle, et elle la remerciait chaque jour pour la force et la détermination qu'elle avait su lui transmettre.

Une aventure, la réalisation d'un rêve : voilà pourquoi elle partait. Et, quand elle reviendrait, elle aurait acquis une belle expérience professionnelle. Oui, c'était une chance précieuse, et elle saurait la saisir.

— Tu es prête ? lui demanda son père en souriant, quand il la vit sortir de la maison.

Elle devina qu'il était ému, lui aussi, mais qu'il n'en montrerait rien, comme à son habitude.

— Oui, on peut y aller.

Son père souleva la valise et la plaça dans le coffre.

— Attends, lança Lisa à la hâte, je veux dire au revoir à Noisette.

— Dépêche-toi.

— Oui, oui…

Elle entra en courant dans le salon et se dirigea droit vers le panier près de la cheminée.

— Au revoir, ma belle minette, chuchota-t-elle en caressant la chatte grise et blanche, qui se mit à ronronner. À très vite : à mon retour, je te raconterai comment sont les chats croates, c'est promis. Je sais que tu l'aimes beaucoup moins que moi, ajouta-t-elle en souriant malicieusement, mais Maria s'occupera bien de toi pendant mon absence.

Le bruit du klaxon retentit à l'extérieur.

— Lisa, on va finir par être en retard ! cria son père.

— J'arrive !

Elle déposa un baiser sur la tête de Noisette et sortit en courant.

Ils ne parlèrent guère pendant le trajet. Lisa regardait les paysages défiler, tout en essayant d'imaginer ceux qu'elle allait découvrir. Et, lorsque l'aéroport Guglielmo Marconi de Bologne fut enfin en vue, elle sentit un frisson d'excitation l'envahir.

Soudain, l'ampleur de son aventure devenait concrète. Pour la première fois, elle avait le sentiment d'entrer pleinement dans la vie active, et dans sa vie d'adulte.

Elle avait de la chance : beaucoup de ses camarades de l'école devaient encore se contenter de contrats mal payés, voire de stages dans des cabinets de Florence, Rome ou Milan. Alors qu'elle avait décroché une vraie mission.

L'architecture l'avait toujours passionnée. Dès l'enfance, elle s'était intéressée aux splendides villas toscanes et à leur histoire, exigeant de ses parents qu'ils les visitent toutes - au grand dam de Maria, qui s'ennuyait ferme pendant ces sorties. Elle en avait conçu un intérêt et un goût profonds pour les méthodes et les styles de construction. Plus tard, pendant son cursus universitaire, elle s'était focalisée sur les écoconstructions visant une haute performance énergétique.

C'est pourquoi le projet de lotissement bioclimatique sur l'île de Rab avait tout de suite suscité son enthousiasme. Sur ce site exceptionnel, il s'agissait de concevoir un ensemble d'une dizaine de petites maisons construites avec des matériaux locaux, efficaces sur le plan de l'isolation thermique. Chaque villa disposerait d'un jardin en harmonie avec la flore de l'île, ménageant de l'ombre et donnant un maximum de fraîcheur l'été. La création d'espaces communs - un lieu pour prendre le café, une laverie écologique… - était également prévue.

L'idée centrale de Roberto Paoli, comme dans ses autres réalisations, était de renouer avec une forme d'authenticité tout en maîtrisant la consommation d'énergie. Il avait aussi la volonté de mettre en valeur la proximité du lotissement avec la mer, notamment en créant des accès à la crique.

Bref, Lisa comptait bien mettre à profit ces six mois pour en apprendre le plus possible.

— Voilà, ma belle, nous sommes arrivés, dit son père en se garant sur un des parkings de l'aéroport. Je prends ta valise et on va à l'enregistrement.

Tous deux pénétrèrent dans le vaste bâtiment moderne, d'une grande clarté avec ses panneaux lumineux au plafond et son sol de marbre rose.

— Tu peux me laisser, tu sais, conseilla-t-elle à son père. Tu dois avoir hâte de rentrer à la maison, où je suis sûre que tu as une longue liste de tâches à accomplir avant ce soir…

— Ce n'est pas tous les jours qu'on amène sa fille à l'aéroport pour un grand voyage, lui répondit-il en souriant.

Lisa acquiesça et ils suivirent les affichages indiquant le chemin vers le comptoir d'enregistrement.

— Voilà, nous y sommes…

Elle serra son père dans ses bras.

— Ne t'inquiète pas, tout ira bien, lui glissa-t-il à l'oreille. Je te promets que je ne boirai que des infusions détox et que je ferai un jogging… tous les trois jours.

Elle secoua la tête en riant.

— N'en fais pas trop quand même !

— Je t'assure que je vais m'en sortir avec Noisette.

— Et il y a Maria.

— Très juste !

— Ça me fait tout drôle de vous laisser…

— Tu ne dois pas t'inquiéter.

Il l'embrassa sur les deux joues.

— Vas-y, maintenant, et profite de chaque instant. C'est ce que t'aurait dit ta mère.

Les yeux soudain embués par des larmes d'émotion, Lisa hocha la tête. Comment pouvait-on être à la fois aussi triste et aussi heureuse ?

Une dernière fois, elle se retourna pour lui faire un signe de la main, avant de franchir le seuil de la zone d'enregistrement.

En entendant le commandant de bord annoncer qu'ils allaient entamer leur descente sur Split, Lisa s'éveilla en sursaut.

Avait-elle vraiment dormi durant les quatre heures du vol ? Visiblement, elle s'était assoupie peu après le décollage, sans même en avoir conscience. Elle avait peu dormi ces derniers temps, et elle devait être plus fatiguée qu'elle ne le pensait. Tant mieux, elle serait en forme pour son arrivée.

Elle s'étira discrètement sur son siège.

— Bien dormi ? lui demanda la vieille dame assise sur le siège voisin.

Lisa se tourna vers elle et lui sourit.

— Oui, étonnamment bien, vu le bruit des réacteurs.

— C'est le privilège de la jeunesse ! Vous êtes en vacances ?

— Non, je viens en Croatie pour travailler. Je suis architecte et je vais participer à la conception d'un lotissement bioclimatique.

Elle était si fière qu'elle ne pouvait s'empêcher de raconter sa vie…

— Bioclimatique ? Je ne sais pas du tout de quoi il s'agit, mais j'imagine que c'est différent de ces immenses complexes hôteliers qui fleurissent en Croatie depuis des années ?

Lisa allait se lancer dans une explication, mais elle se ravisa. Pas la peine d'entamer un discours technique rébarbatif : son interlocutrice avait compris l'essentiel.

— Tout à fait.

La vieille dame approuva de la tête.

— Quelle bonne idée ! Je fulmine de voir mon pays livré aux promoteurs. Mais en même temps nous avons besoin du tourisme… Ah, les choses sont compliquées !

— C'est ce qui les rend passionnantes, non ? répliqua Lisa.

— Très juste, mademoiselle ! Et je suis fière que vous veniez d'Italie pour ce projet. Ah… Nous atterrissons. Vous permettez que je vous prenne la main ? Je n'ai pas vraiment peur, mais je déteste cette sensation de vide.

Lisa prit la main délicate dans la sienne.

— Vous parlez très bien l'italien.

— Oui, mon mari est né à Rome. Depuis notre mariage, nous avons toujours vécu en Croatie, mais j'ai appris l'italien avec lui. Il est mort il y a trois ans.

— Je suis désolée…

— Oh ! j'ai eu une vie heureuse à ses côtés, et je sais que nous avons eu beaucoup de chance, alors ne soyez pas désolée pour moi, dit la vieille dame avec un sourire radieux. Au fait, je m'appelle Rosa. Tenez, je vais vous écrire mon numéro et mon adresse sur ce bout de journal. Passez me voir si vous avez le temps, je serai curieuse d'avoir des nouvelles de vous et de votre lotissement bio-quelque chose.

— C'est noté, répondit Lisa en souriant, tout en se disant qu'avec son travail elle n'aurait sans doute pas le temps de rendre visite à la sympathique vieille dame.

Une fois dans l'aéroport, toutes deux se séparèrent chaleureusement après avoir récupéré leurs bagages. Puis Lisa s'aventura dans le terminal en essayant de repérer la haute silhouette de Roberto Paoli.

Il ne devait pas être loin.

Soudain, elle entendit quelqu'un l'appeler. Une voix féminine.

— Mademoiselle Rossi ?

Lisa se retourna et réprima un mouvement de surprise.

Qui était cette jeune femme hyper sophistiquée qui tenait une pancarte à son nom ?

À son arrivée à l'aéroport de Split, elle s'attendait à voir Roberto Paoli en personne, comme prévu, et pas une inconnue sculpturale aux allures de top model, vêtue d'un tailleur rouge et d'escarpins assortis d'une hauteur vertigineuse… Ses cheveux bruns étaient ramenés en un chignon strict, et elle portait des lunettes à monture noire qui mettaient en valeur ses yeux très maquillés. Ses lèvres étaient soulignées d'un rouge vermillon.

Quel chic… Et comme sa présence ici, en face d'elle, semblait improbable… Lisa se sentit soudain très négligée dans son simple jean gris, ses baskets usées et son T-shirt au logo de son école, sur lequel elle avait passé une veste en cuir noir. Elle n'était même pas maquillée… Ses cheveux épais étaient lâchés sur ses épaules et auraient eu besoin d'un coup de brosse.

Mais comment, en montant dans l'avion quelques heures plus tôt, aurait-elle pu avoir l'idée de s'habiller avec une telle sophistication ?

— Je me présente, dit l'inconnue. Je m'appelle Sybil Anderson et je suis chargée de vous conduire à Jablanac. Venez, le chauffeur nous attend à l'entrée principale de l'aéroport. Nous avons un voyage de trois heures en voiture devant nous.

Elle regarda sa montre.

— Nous serons là-bas en fin de soirée.

Le chauffeur ?

Mais de quoi parlait-elle ?

Roberto Paoli était-il subitement devenu milliardaire ? Certes, elle espérait que cet architecte chevronné gagnait bien sa vie, mais les projets dans lesquels il s'investissait ne lui permettaient sans doute pas de collectionner les millions… Et, quand elle l'avait rencontré à Rome, début août, il lui avait plutôt fait part des difficultés rencontrées par le promoteur pour réunir les financements nécessaires.

Il y avait quelque chose qui clochait.

— Attendez ! M. Paoli n'a pas pu venir ? demanda Lisa, suspicieuse.

— M. Paoli ? Non, il n'a pas pu et il en est désolé. Mais vous verrez tout cela en arrivant à Jablanac.

Lisa fronça les sourcils.

— Je verrai quoi ?

— Les modalités.

— Quelles modalités ?

La jeune femme resta silencieuse un instant et lui adressa un sourire poli mais froid.

— Je ne suis qu'une assistante, mademoiselle Rossi, je ne peux vous en dire plus.

— Mais vous travaillez pour Roberto Paoli ?

— Oui, oui, bien sûr, répondit-elle d'un air quelque peu évasif qui ne fit qu'accroître la méfiance de Lisa.

— Et c'est lui qui vous a demandé de venir me chercher ?

— Vous êtes bien Lisa Rossi, architecte ?

— Oui, mais…

— Alors je suis bien chargée de venir vous chercher. Suivez-moi. Plus vite nous arriverons et plus vite vous aurez les renseignements dont vous avez besoin.

Devait-elle partir avec cette inconnue ? se demanda Lisa, au comble de la confusion.

En même temps, que risquait-elle ?

Sans compter qu'elle n'avait pas vraiment le choix, à moins de rebrousser chemin à peine arrivée et de rentrer chez elle par le prochain avion.

Non, c'était impensable.

Elle devait parler à M. Paoli.

Tout en essayant de ne pas perdre de vue la jeune femme qui avançait rapidement devant elle sans même un coup d'œil en arrière pour s'assurer qu'elle la suivait, Lisa sortit tant bien que mal son portable de son sac à main.

« Bonjour, vous êtes sur la messagerie de Roberto Paoli. Laissez un message et je vous rappellerai dès que possible. »

Elle sentit l'angoisse monter d'un cran.

Une angoisse qui augmenta encore quand elle vit, devant les grandes portes vitrées de l'aéroport, une berline noire aux vitres fumées.

Ce n'était tout de même pas dans cette voiture qu'elle était censée monter ?

Mais Sybil Anderson avait déjà ouvert la portière et s'était engouffrée sur la banquette arrière, laissant Lisa interdite.

Le chauffeur sortit et la salua, avant de prendre sa valise pour la mettre dans le coffre.

— Vous venez ? lui lança Sybil depuis l'intérieur de l'habitacle.

— C'est… la voiture de M. Paoli ? demanda Lisa.

— En quelque sorte.

— Comment ça, « en quelque sorte » ?

— Disons qu'elle est à l'équipe, répondit la jeune femme, de cette façon vague qui commençait à l'horripiler.

Apparemment, ce n'était pas la peine de poser davantage de questions à ce top model déguisé en assistante : elle ne lui donnerait aucune réponse précise. Mais elle n'allait pas se mettre en colère, non, pas alors que c'était son premier contact avec son nouvel environnement professionnel. Hors de question qu'elle se fasse mal voir et qu'on s'imagine qu'elle avait mauvais caractère.

Sans rien ajouter, elle ajusta ses lunettes de soleil sur son nez et monta à son tour.

Elle allait se montrer patiente et attendre d'être sur place pour voir Roberto Paoli.

Au bout de quelques minutes, et en voyant qu'ils prenaient la direction de Jablanac, Lisa sentit décroître un peu son inquiétude et son agacement.

Allons, se dit-elle, continuant de se raisonner, elle devait s'adapter. Après tout, elle n'était quand même pas victime d'un kidnapping… Pour une raison qu'elle ignorait, Roberto Paoli n'avait pu venir en personne mais avait envoyé une assistante et un chauffeur à sa place. On ne pouvait pas dire qu'il la traitait mal…

Il aurait simplement pu la prévenir pour lui éviter cette surprise.

Elle jeta un coup d'œil à Sybil, concentrée sur l'écran de sa tablette.

En attendant de pouvoir parler à Roberto Paoli, elle

voulait profiter de cette situation pour s'imprégner du pays dans lequel elle allait vivre pendant six mois.

Et ce n'était pas Sybil qui l'en empêcherait : cette dernière n'avait manifestement aucune envie de faire la conversation, ce qui lui convenait très bien.

3.

Quel endroit ravissant ! pensa Lisa lorsqu'ils arrivèrent à Jablanac à la nuit tombée.

Après le port de Posedarje, ils avaient traversé un bras de mer avant de longer la côte, très découpée. Enfin était apparue la petite ville illuminée de Jablanac, nichée dans une anse cerclée de collines rocheuses. Les maisons blanches aux toits ocre se groupaient autour de l'église perchée. Des bateaux de pêche colorés étaient amarrés dans une eau limpide.

Lisa eut un léger sourire. Jablanac n'était pas très loin de l'Italie... Pourtant, elle avait l'impression de se trouver au bout du monde.

C'était une des raisons pour lesquelles elle avait choisi de devenir architecte : pour découvrir des sites exceptionnels, singuliers, et y bâtir des logements harmonieux où les gens auraient plaisir à vivre.

La berline s'immobilisa devant un hôtel de plusieurs étages, au toit ocre, lui aussi.

— Nous logeons ici, daigna lui expliquer Sybil. C'est un établissement modeste mais agréable.

Lisa se retint de faire une remarque. Modeste ? Pour sa part, l'établissement lui semblait plus que confortable. Pour elle qui n'avait guère voyagé jusqu'à présent, c'était plus qu'elle n'en aurait espéré pour sa première nuit d'hôtel dans un cadre professionnel.

Sybil descendit de la voiture, et Lisa s'empressa de lui emboîter le pas.

— Petite précision, M. Tsarakis ne séjourne pas à l'hôtel : il loge dans une villa sur les hauteurs de Jablanac.

— M. Tsarakis ? dit Lisa avec étonnement.

De qui parlait-elle ? Elle enchaîna sans attendre la réponse.

— Et M. Paoli, où est-il ? C'est lui que je voudrais voir, et très vite.

Sybil sembla réfléchir un instant à sa réponse.

— Il n'est pas à l'hôtel non plus.

Était-ce une hallucination, ou avait-elle vu une lueur d'ironie dans les yeux noirs de la jeune femme ?

Sentant cette fois une franche colère monter en elle, Lisa posa les mains sur ses hanches.

— Mais alors, où est-il ? demanda-t-elle d'une voix tendue. Je devais le voir à mon arrivée, et voilà que vous me parlez de monsieur… de ce monsieur grec.

Elle se souvenait très bien que Roberto Paoli avait précisé la nationalité du promoteur à l'origine du projet : c'était un Croate, pas un Grec.

— M. Tsarakis, répéta Sybil d'un air faussement patient, comme si elle parlait à une enfant.

— Voilà, Tsarakis. Pouvez-vous m'expliquer ce qui se passe ? Et où sont les autres membres de l'équipe ?

— Rassurez-vous, vous les verrez demain matin après le petit déjeuner. Toute l'équipe a rendez-vous à la villa de M. Tsarakis pour une réunion de cadrage. Il s'agira d'organiser le travail pour les semaines à venir. Mais il vous recevra une demi-heure avant les autres, pour que vous puissiez faire sa connaissance.

Cette réponse ne la rassura guère. Encore une information irrationnelle qu'elle ne comprenait pas.

— Excusez-moi, mais j'ignore quel rôle joue ici M. Tsarakis... Est-il associé au promoteur croate ?

— Il vous expliquera tout cela demain beaucoup mieux que moi.

Lisa fronça les sourcils. De nouveau, cette façon de ne pas lui répondre... Quelque chose clochait, mais elle n'arrivait pas à déterminer ce qui, dans ce projet de lotissement bioclimatique, était susceptible de donner lieu à tant de mystères.

En même temps, elle était libre de ses faits et gestes, elle n'était pas prisonnière. Le plus sage, même si elle était dépitée qu'on se conduise ainsi envers elle, était de dîner et de dormir pour être en forme avant la réunion du lendemain matin. Au moins, elle verrait de quoi il retournait, elle ferait connaissance avec les autres architectes de l'équipe et constaterait de visu dans quel état d'esprit ils se trouvaient. Visiblement, certaines informations importantes lui manquaient, mais elle ne devait pas oublier qu'elle était débutante et qu'il s'agissait de son premier vrai contrat. Elle devait apprendre, regarder, et non se montrer irritable et susceptible à la moindre difficulté.

Sybil et elle se dirigèrent vers la réception, où une jeune femme leur remit leurs deux clés avec amabilité, avant de leur expliquer en anglais où se trouvaient leurs chambres.

Elles empruntèrent les escaliers qui y menaient.

Sans être luxueux, l'hôtel était confortable et accueillant. Le couloir aux murs blancs du premier étage était tapissé d'une moelleuse moquette beige, qui amortissait le bruit de leurs pas – et des talons de Sybil.

— Voilà votre chambre, déclara celle-ci en s'arrêtant devant une des portes d'un beau rouge cramoisi.

Pour la première fois depuis leur rencontre, Sybil lui accorda un regard plus attentif.

— Avez-vous besoin de vêtements pour ce soir ?

J'imagine que vous allez descendre dîner au restaurant de l'hôtel ? Je crois qu'ils servent encore. Pour ma part, je resterai dans ma chambre.

Lisa haussa les sourcils.

— J'ai ce qu'il me faut, je vous remercie, répondit-elle d'un ton sec. Bon dîner et à demain.

Et elle referma la porte sur l'assistante, qui parut pour la première fois prise de court, autant que Lisa put en juger à l'expression de son visage. Tant mieux, cela lui apprendrait à se comporter comme si elle était la dépositaire de secrets de la plus haute importance dont elle ne pouvait révéler la teneur à n'importe qui.

Dans quelle situation se trouvait-elle, au juste ? songea-t-elle en s'asseyant sur le bord du lit avec un soupir de découragement. Rien ne se passait comme elle l'avait prévu…

Avec une pointe d'autodérision, elle se demanda si elle était en train de vivre le véritable passage à l'âge adulte, loin de sa famille, de son pays…

Elle se leva et se dirigea vers la fenêtre, depuis laquelle on pouvait admirer le port et la ville illuminés.

Sybil avait sûrement l'habitude de se mettre sur son trente et un à la moindre occasion - y compris lorsqu'il s'agissait d'un événement aussi insignifiant qu'aller chercher une architecte débutante à l'aéroport –, mais elle n'était pas de ce genre-là, à toujours vouloir mettre sa féminité en avant plutôt que ses qualités professionnelles.

Elle ouvrit sa valise. Un T-shirt gris et un jean slim noir, ce serait parfait pour le dîner de ce soir. D'élégantes spartiates qu'elle s'était offertes après avoir décroché son diplôme avec mention compléteraient sa tenue, idéales pour un dîner rapide en solo au restaurant de l'hôtel.

Sous la douche chaude au jet puissant, elle prit un peu de temps pour se délasser et se vider la tête. Puis, enveloppée d'une serviette de bain moelleuse, elle envoya un SMS à son père pour le rassurer et lui dire qu'elle était bien arrivée. Elle ne précisa pas qu'elle rencontrait quelques difficultés, ce n'était pas la peine de l'inquiéter.

En écrivant un autre message pour Maria, elle hésita quelques secondes à lui parler de sa déception et de la situation étrange dans laquelle elle se trouvait, mais elle effaça les commentaires qu'elle avait commencé à rédiger. Pourquoi inquiéter sa sœur ? Et ne devait-elle pas apprendre à ne plus lui confier tout ce qui lui passait par la tête ?

Elle eut un petit pincement au cœur en pensant à son père et à sa sœur, loin pour la première fois de sa vie.

Avec un soupir, elle essaya une nouvelle fois de joindre M. Paoli : toujours son répondeur. Excédée, et anxieuse, elle fourra son portable dans son sac à main, enfila ses vêtements et descendit.

Le restaurant de l'hôtel disposait d'une terrasse qui longeait un des quais du port. Tout comme la salle intérieure, elle était quasiment vide.

Tandis qu'elle s'avançait, Lisa croisa soudain les yeux noirs d'un inconnu et, sans comprendre pourquoi, elle frissonna violemment. Assis seul à une table près de l'eau, un journal et un verre d'alcool ambré devant lui, il était d'une élégance et d'une virilité qu'elle n'avait jamais vues chez aucun homme.

Bien qu'il fût assis, elle voyait qu'il était à la fois fin et musclé, et devinait qu'il était grand. Ses épais cheveux bruns étaient légèrement en bataille, ses joues, ombrées d'un début de barbe. Vêtu d'un simple polo noir et d'un pantalon blanc, il dégageait un charme et un charisme fous. Il… Mais oui, il regardait bien dans sa direction ! Et son regard pénétrant était très attentif… Que pouvait-il trouver d'intéressant en elle ? se demanda Lisa, surprise.

Un homme pareil devait aimer les femmes sophistiquées comme Sybil, pas les jeunes diplômées tout juste sorties de l'école… On aurait dit un pirate des temps modernes, terriblement audacieux et arrogant.

Voilà qui lui apprendrait à ne faire aucun effort vestimentaire avant de sortir ! se dit-elle avec ironie.

Elle se força à détourner le regard : elle n'était pas là pour flirter avec le premier inconnu venu. Peut-être que M. Paoli allait enfin se montrer pour la saluer et l'accueillir ?

Il avait fait très chaud toute la journée, mais un petit vent frais s'était levé, et elle se frotta les bras pour se réchauffer.

Elle jeta un regard circulaire autour d'elle, et réprima un mouvement de dépit. Non, pas de Roberto Paoli dans les parages… Qu'était devenue la courtoisie de l'architecte ? Il lui avait posé un lapin à l'aéroport, ne répondait pas à ses appels et ne se montrait même pas à l'hôtel alors qu'il devait savoir qu'elle s'y trouvait pour la nuit…

Elle n'aurait jamais pensé qu'il était capable de se comporter ainsi.

Pourquoi ne l'avait-il pas prévenue ?

Bon, elle allait devenir folle à force de se poser toutes ces questions qui, pour l'heure, restaient sans réponse.

Elle s'approcha du serveur en souriant.

— Bonsoir. Je voudrais dîner, si c'est encore possible, demanda-t-elle.

— Certainement, madame, mais les cuisines ferment dans un quart d'heure.

— Je vais choisir très vite, c'est promis.

— Vous désirez dîner en terrasse ?

— Oh ! oui, ce serait parfait !

Elle le suivit jusqu'à une petite table près de l'eau.

— Au fait, lui demanda-t-elle lorsqu'elle fut assise, connaissez-vous quelqu'un du nom de Roberto Paoli ? Il travaille dans le coin, je me disais qu'il dînait peut-être parfois à l'hôtel… ?

— M. Paoli ? Non, ça ne me dit rien.

Lisa dissimula sa déception. Roberto Paoli semblait s'être évaporé : elle avait l'impression de courir après un fantôme.

— C'est un Italien d'une cinquantaine d'années, grand et mince, aux cheveux gris, ajouta-t-elle néanmoins. Il est architecte.

— Je suis désolé, mais je ne pense pas que ce monsieur soit déjà venu à l'hôtel, répondit le serveur après quelques secondes de réflexion. Celui-ci n'est pas plein en cette période, la saison estivale est terminée depuis un moment, alors je ne pense pas me tromper.

Découragée, Lisa le remercia et examina le menu qu'il lui avait laissé.

Du coin de l'œil, elle vit soudain l'inconnu se lever et s'approcher d'elle. Il n'allait tout de même pas lui adresser la parole ?

— Bonjour, dit-il d'une voix grave qui la fit étrangement vibrer. Je crois comprendre que la personne que vous cherchez n'est pas là et que cela vous met dans l'embarras.

Il lui tendit la main pour la saluer.

Sans réfléchir, Lisa lui tendit la sienne. Dès qu'elle toucha sa peau, qu'elle en sentit la chaleur, elle sentit une onde électrique la parcourir tout entière.

Que lui arrivait-il ? Vraiment, ce n'était pas le moment, mais alors *pas du tout*, de se laisser charmer par un inconnu, aussi beau soit-il.

Elle se hâta de retirer sa main.

— Voulez-vous vous joindre à moi ?

Nul doute qu'il voulait simplement être poli, mais sa proposition la troubla.

— Merci beaucoup, mais non, non… Vraiment,

merci… Je vais dîner rapidement avant de remonter dans ma chambre.

Sa voix tremblait, et Lisa sentit qu'elle rougissait. Qu'allait-il penser d'elle ? Qu'elle n'avait aucune expérience ? Il aurait bien raison…

— Comme vous voulez, dit-il en lui adressant un sourire renversant. Je vous souhaite un excellent dîner et une bonne nuit de sommeil. Peut-être à une autre fois.

— Oh ! j'en doute, s'empressa de répondre Lisa, je ne reste pas longtemps à Jablanac. Je prends demain le ferry pour l'île de Rab.

Une lueur d'ironie s'alluma dans les yeux noirs de l'inconnu.

— On ne sait jamais…

Infiniment troublée par sa présence, son sourire, sa bouche sensuelle et ferme, sa carrure et son magnétisme viril, Lisa baissa la tête pour faire mine de lire le menu. Quand elle la releva, son mystérieux interlocuteur avait disparu.

Il était parti.

Quelle importance ? Pourquoi cette pointe de déception ?

Lisa prit une profonde inspiration et fit rapidement son choix : poisson grillé et salade de fruits. Quand elle eut terminé son dîner léger, elle remonta dans sa chambre et laissa la fenêtre entrouverte pour entendre le bruit de la mer.

Elle ouvrit son ordinateur et tapa « Tsarakis » sur son clavier.

Très vite, elle repéra qu'une famille grecque de riches promoteurs immobiliers portait ce nom. D'après les informations qu'elle trouva en anglais, Sacha Tsarakis, âgé d'une trentaine d'années, dirigeait actuellement le groupe, et il avait deux frères, Nikos et Theo. Tous les trois étaient jeunes, beaux, et on ne comptait plus leurs conquêtes féminines.

Quel que soit le Tsarakis auquel elle aurait affaire demain, elle ne se faisait aucune illusion sur sa moralité…

Elle referma son ordinateur et éteignit la lampe de chevet.

Contrairement à ce qu'elle avait anticipé, dès qu'elle posa la tête sur l'oreiller recouvert d'une taie de coton doux et frais, elle sentit le sommeil s'emparer d'elle. Tandis qu'il lui semblait entendre une voix masculine, grave et envoûtante, lui murmurer à l'oreille des paroles enflammées.

4.

Le lendemain matin, Lisa retrouva Sybil devant l'hôtel. Appuyée contre la portière de la même berline noire que la veille, elle attendait en scrutant, comme elle semblait en avoir l'habitude, l'écran de son portable.

Elle portait une élégante robe trapèze rouge et de hauts escarpins noirs. Ses lourds cheveux bruns étaient ramenés en une épaisse queue-de-cheval, qui voltigeait sur ses épaules dès lors qu'elle bougeait la tête. Avec ses lunettes de soleil aux larges verres, elle avait tout d'une star.

Elle-même avait revêtu une simple robe bleu marine au décolleté rond et aux manches courtes, qui embrassait ses courbes mais lui arrivait sagement au genou. Elle avait mis des espadrilles orange à talons compensés, et coiffé ses cheveux en un chignon, le plus serré possible dans le but de paraître plus expérimentée qu'elle ne l'était.

Rien à voir avec la sophistication de Sybil.

Que faisait une telle femme dans l'entourage de Roberto Paoli ? se demanda une nouvelle fois Lisa. S'était-elle trompée sur ce dernier ? Était-il du genre à sélectionner les membres féminins de son équipe sur des critères physiques - en plus de leurs compétences ?

Elle retint un rire ironique.

Aucune chance. Si Roberto Paoli l'avait embauchée, elle, c'était bien qu'il se moquait de l'apparence.

Avec ses cheveux auburn qu'elle avait tant de mal à

discipliner, son maquillage discret soulignant à peine le vert clair de ses yeux, ses formes tout sauf opulentes, elle était aux antipodes de la créature raffinée qui se tenait devant elle.

Non, Sybil devait plutôt appartenir à l'entourage de ce Tsarakis dont elle se méfiait déjà comme de la peste.

M. Paoli s'était-il associé à lui d'une façon quelconque ? Cela aurait été très étonnant... D'après ce qu'elle avait vu, les Tsarakis ne s'intéressaient pas le moins du monde à l'écologie et au développement durable, bien au contraire. Alors peut-être se contentaient-ils d'apporter des fonds au projet – ce qui n'était pas forcément une mauvaise chose, M. Paoli ne lui ayant pas caché que le promoteur immobilier croate avait dû batailler avec les banques pour obtenir les financements nécessaires.

— Bonjour, vous êtes prête ? demanda Sybil avec un sourire contraint et légèrement condescendant. Vous avez pris toutes vos affaires ? Nous ne repasserons pas à l'hôtel.

— Oui, oui, j'ai tout, répondit Lisa.

Sybil s'installa sur la banquette arrière de la voiture, et Lisa s'y engouffra à sa suite, après avoir mis sa valise dans le coffre avec l'aide du chauffeur, celui qui les avait conduites la veille à Jablanac.

N'ayant toujours aucune envie de faire la conversation à sa compagne de voyage, Lisa s'absorba dans le paysage qui défilait sous ses yeux. Que ce pays était beau ! pensa-t-elle en faisant descendre la vitre pour respirer l'air frais.

La route qu'ils suivaient serpentait entre des collines odorantes. Bientôt, ils parvinrent à une splendide villa de pierre de deux étages, dont la voiture franchit la grille avant de s'immobiliser devant le perron.

La demeure était entourée d'un jardin où dominaient les pins, les lauriers et les oliviers. Sur la gauche se trouvait une grande piscine à l'eau turquoise, protégée des regards par une haie de cyprès.

Elle sentit son appréhension et sa fébrilité resurgir en descendant du véhicule. Cette villa, ce jardin… ce luxe ! Là encore, cela cadrait si mal avec Roberto Paoli… Mais elle n'eut pas le temps de réfléchir davantage : Sybil lui faisait signe de la suivre à l'intérieur de la demeure.

Elle pénétra dans un vaste hall.

— Suivez-moi, je vais vous montrer où poser votre valise. La réunion aura lieu d'ici une demi-heure, mais dans l'immédiat M. Tsarakis vous attend au bord de la piscine.

Lisa déglutit avec difficulté. Elle allait rencontrer cet homme visiblement important au bord de la piscine ? Voilà qui n'était pas très académique…

Après avoir déposé sa valise dans un salon contigu au vestibule, Lisa suivit l'assistante dans le jardin. Sans hésiter, Sybil franchit la haie de cyprès et s'avança vers le bassin, où un homme nageait un crawl puissant.

Sybil était visiblement très à l'aise avec lui… Elle et M. Tsarakis étaient-ils intimes ? ne put-elle s'empêcher de se demander, tout en se reprochant sa curiosité déplacée.

Que lui importait ?

Elle s'avança un peu et ressentit soudain un trouble déconcertant. L'homme qui nageait lui rappelait… Non, c'était impossible.

Elle le vit se hisser sans effort sur la margelle, à la force de ses bras, puis se diriger avec aisance vers un transat où il prit une épaisse serviette de bain blanche pour se sécher. Il était splendide. Grand et musclé, il avait la peau mate. Sur ses pectoraux se dessinait un liseré de poils bruns. Le short de bain qui le moulait faisait ressortir la puissance de ses cuisses, de ses fesses.

Et son visage…

Lisa sentit son cœur faire un bond dans sa poitrine. Les mains moites, elle s'immobilisa.

Cette fois, plus de doute. Le nageur n'était autre que le sublime inconnu de la veille.

Que faisait-il là ?

Décidément, depuis son arrivée en Croatie, les événements s'enchaînaient en lui donnant un sentiment d'irréalité de plus en plus perturbant… Mais le pire, c'était le trouble qu'elle éprouvait de nouveau devant la force et la virilité qui se dégageaient de l'inconnu. Un trouble qu'aucun homme ne lui avait jamais fait ressentir.

Soudain, elle imagina qu'elle passait la main dans les boucles humides de ses cheveux, qu'elle caressait sa joue ombrée d'une barbe naissante…

Heureusement, une voix grave la ramena à la réalité.

— Vous pouvez nous laisser, Sybil. On se retrouve dans une demi-heure pour la réunion de cadrage.

— Parfait, Nikos. À tout à l'heure, répondit l'assistante d'une voix suave.

Nikos… Il s'agissait donc de Nikos Tsarakis ?

Avec un sourire onctueux, mais sans un regard pour Lisa, l'assistante s'éloigna de sa démarche chaloupée.

— Bonjour, mademoiselle Rossi. Vous voyez, nous nous rencontrons de nouveau, dit-il avec un sourire ironique.

— Je… Vous saviez qui j'étais, hier soir, et vous ne vous êtes pas présenté ?

— Je plaide coupable. Mais cela m'a permis de vous découvrir… au naturel.

Il n'avait pas dû être déçu… Avec son T-shirt et son jean, elle ne lui avait sûrement pas fait grande impression. Mais quelle importance ? Elle n'était quand même pas là pour rivaliser avec Sybil…

Il s'assit à la table où était servi un appétissant petit déjeuner continental.

— Ne restez pas debout. Nous avons une demi-heure pour discuter avant que mon équipe ne nous rejoigne.

— Votre équipe ? balbutia Lisa en essayant de recouvrer ses esprits.

— Oui, les architectes qui vont travailler sur le projet.

Était-elle en train de faire un mauvais rêve ?

— Je ne comprends pas…

— Asseyez-vous, dit-il en se servant un verre de jus d'orange.

Comme un automate, elle se dirigea vers la table et prit un siège en face de lui. De là où elle était, elle pouvait admirer d'opulents lauriers-roses et de grands oliviers dans des pots en terre cuite. Mais elle n'avait pas la tête à l'horticulture…

— Tout d'abord, je me présente : Nikos Tsarakis. Vous savez qui je suis ?

— Je… J'ai vu que votre famille était dans la promotion immobilière.

— Mon frère aîné, Sacha, est le P-DG de Tsarakis Inc. Quant à moi, j'en dirige la branche architecture. Voilà pour l'état civil… À présent, je vais vous exposer la situation, et j'irai droit au but : Roberto Paoli n'est plus à la tête du projet.

Lisa en eut le souffle coupé. Tout était annulé ? Est-ce qu'elle allait devoir rentrer à Rome sans travail ? Mais, si c'était le cas, pourquoi l'avoir fait venir jusqu'ici, en Croatie, uniquement pour lui dire qu'elle avait perdu son job ?

— C'est-à-dire ? parvint-elle à articuler.

— C'est-à-dire que le terrain où devait voir le jour le lotissement… *écologique* de Paoli est désormais la propriété de Tsarakis Inc. Pour vous dire la vérité, l'homme d'affaires croate avec lequel Paoli s'était associé n'était pas très fiable, ses dettes, très élevées. Je ne suis pas sûr qu'il aurait réussi à faire construire quoi que ce soit ou à payer ses architectes. Croyez-moi, vous êtes en de bien meilleures mains, à présent. Je suis désolé pour Paoli, un homme charmant par ailleurs, mais j'avoue qu'il n'a pas été assez prudent. Un excès d'enthousiasme, sans doute, qui l'a rendu peu regardant sur ce partenariat.

Roberto Paoli s'était associé avec un homme d'affaires malhonnête ? Nikos Tsarakis disait-il la vérité ou avait-il inventé cette histoire pour se justifier de l'avoir évincé ?

— Mais le projet est… annulé ?

— Sous sa forme antérieure, oui.

— Qu'est-ce que cela veut dire ?

— J'ai d'autres ambitions pour ce terrain d'exception.

— Vous allez faire construire un lotissement bioclimatique plus grand ?

Il fronça les sourcils avant de rire. Qu'y avait-il de drôle dans sa question ?

— Non, pas vraiment, dit-il en redevenant sérieux. Il s'agira d'une résidence de tourisme plus… traditionnelle. Plusieurs très belles villas, un immeuble de deux étages avec de vastes appartements, le tout conçu pour l'entière satisfaction de riches touristes, et non plus pour réaliser des chimères écologiques.

— Mais c'était tout l'intérêt du projet ! ne put-elle s'empêcher de s'exclamer. Concevoir une résidence touristique respectueuse de l'environnement.

— Peut-être… Mais ce serait trop long et pas assez rentable.

Elle écarquilla les yeux.

— Ce que vous dites est…

— Mercantile ? Oui. Mais c'est ainsi que les Tsarakis ont bâti leur fortune, génération après génération.

— Mais que faites-vous de l'écosystème de l'île, que nous voulions aider à restaurer et à préserver ?

— Les habitants de l'île de Rab ont surtout besoin du tourisme pour faire vivre leur famille, vous ne croyez pas ?

— Toujours cet argument… À long terme, c'est un mauvais calcul : les habitants aussi y perdront.

Il se cala dans son siège.

— Nous parlerons économie et développement durable plus tard, mademoiselle Rossi. En vous faisant venir ici avant la réunion, je voulais simplement vous informer de ce léger changement.

Elle ne parvenait pas à y croire.

— Vous considérez que c'est un *léger* changement ?

Il haussa les épaules.

— J'ai préféré ne pas garder les architectes recrutés par Paoli, trop âgés et dogmatiques, et faire appel à des professionnels que je connais bien. Quant à vous, la plus jeune de son équipe, j'ai décidé de vous donner votre chance, notamment en raison de votre formation atypique. Comme j'ai noté que vous étiez très créative, j'aimerais vous faire travailler à l'enveloppe des constructions, aux façades, c'est-à-dire à ce qui fera l'image du projet. Votre regard peut être intéressant, à condition que cela n'entrave en rien l'objectif de rentabilité. Vous voyez que je ne suis pas totalement obtus.

— Mais je ne veux pas ! répliqua-t-elle, se maudissant pour la puérilité de sa réponse.

Il eut un sourire cynique.

— Vous n'avez peut-être pas bien entendu : je vous garde parce que vous êtes jeune, spécialisée dans un domaine à la mode, tout en étant encore souple d'esprit. Du moins, je l'espère. Si vous décidez de claquer la porte, je vous précise que vous n'aurez droit à aucune indemnité. Et il vous sera difficile après ça de trouver un autre job, surtout si le bruit circule dans le milieu que vous êtes caractérielle et capricieuse…

Elle se sentait soulevée par la colère.

— Vous n'oseriez pas faire une chose pareille ?

— Vous croyez ? demanda-t-il avec un sourire de félin se préparant à attaquer sa proie.

Cet homme était odieux ! Il pensait donc avoir tous les droits parce qu'il était riche ? Comment avait-il réussi à mettre la main sur ce terrain, à évincer Roberto Paoli et son associé ? Sans doute par des moyens peu honorables.

Mais ce qui était plus terrible encore, c'était ce trouble qu'elle continuait de ressentir en sa présence, comme si elle avait été envoûtée. Elle le détestait et dans le même temps, sans pouvoir dompter les pensées brûlantes qui déferlaient dans son esprit, elle mourait d'envie qu'il la touche… partout. Elle avait le plus grand mal à détacher les yeux de ses pectoraux musclés, des poils virils qui les recouvraient.

Elle rougit en croisant son regard narquois. Seigneur, s'était-il rendu compte qu'elle le dévorait des yeux ?

— Votre salaire a été revu à la hausse, et je crois que vous n'aurez pas à vous plaindre. Un mois et demi sur place à Rab, puis quatre et demi à l'agence Tsarakis de Zagreb, le tout pour travailler à la conception de la résidence : voilà ce que je vous propose. En termes de durée, c'est la même chose que ce qu'avait prévu Paoli : pour vous, pas de problème d'agenda, donc.

Elle déglutit avec difficulté et se força à détourner le regard du corps quasi nu de Nikos Tsarakis pour le fixer droit dans les yeux.

— Je n'ai aucune envie de contribuer à de luxueux projets immobiliers responsables du saccage de l'environnement et…

Il leva la main pour l'arrêter.

— Vous pourrez faire des propositions, que j'évaluerai. Profitez de cette opportunité que je vous offre.

— Certainement pas !

Il se pencha vers elle, et elle perçut la chaleur de son corps.

— Avez-vous vraiment le choix ?

Puis il s'écarta et regarda sa montre.

— Je dois m'habiller pour la réunion qui débute dans dix minutes, ce qui vous laisse un délai amplement suffisant pour réfléchir à ma proposition. À moins que vous n'ayez déjà décidé de saisir cette chance unique ? En ce cas, je vous invite à aller déguster un expresso préparé par Sybil, une experte en la matière.

— J'imagine que ce n'est pas son seul champ d'expertise, lança-t-elle en rougissant aussitôt.

Comment avait-elle pu prononcer cette phrase ? Cela ne lui ressemblait pas. Était-elle… jalouse ? Allons, c'était stupide !

Nikos Tsarakis éclata de rire avant de se lever, révélant sa haute stature, ses muscles puissants et déliés. Qu'il ne porte qu'un short de bain, avec une simple serviette sur ses épaules, alors qu'elle-même était habillée, était extrêmement érotique…

Contrairement à elle, il semblait très à l'aise.

— Je vous laisse. Dans dix minutes, l'équipe d'architectes entrera dans la salle de réunion pour se mettre au travail. Avec ou sans vous. Si vous faites le bon choix, vous verrez qu'ils sont très talentueux et créatifs.

D'une démarche souple et féline, il longea le bassin et se dirigea vers la villa, laissant Lisa sous le choc de tout ce qu'elle venait d'apprendre.

Elle se prit la tête dans les mains, avant de se redresser avec fierté. Pas question de se laisser aller alors qu'elle rencontrait ses premières vraies difficultés professionnelles. Elle devait analyser la situation avec sang-froid et prendre la meilleure décision, pour elle et pour sa carrière.

Les minutes s'égrenaient à la vitesse de la lumière.

Comment pouvait-elle se retrouver ainsi acculée ?

Elle avait tant rêvé de ce projet, le considérant comme la première véritable étape de sa carrière… À cet instant, tout semblait s'écrouler.

Mais avait-elle le choix, comme cet homme l'avait souligné avec cynisme ? Tsarakis était un grand groupe : travailler en son sein lui donnerait beaucoup de crédibilité professionnelle. Par la suite, il lui serait peut-être difficile de retrouver sa voie initiale, mais pas impossible. Oui, elle trouverait le moyen d'expliquer ce virage momentané dans son CV.

Cependant, aurait-elle la force de travailler sous les ordres directs de cet homme ? Comment pourrait-elle le côtoyer des semaines entières alors qu'il suffisait qu'elle croise son regard pour se sentir défaillir ?

Dire qu'elle l'avait vu la veille à la terrasse du restaurant, détendu et dégustant un verre d'alcool… À ce moment-là, jamais elle ne se serait doutée qu'il était un homme d'affaires cynique et impitoyable !

Elle se força à inspirer. Peut-être qu'après avoir organisé le travail de l'équipe il regagnerait vite les hautes sphères des affaires qu'il fréquentait d'habitude, et qu'elle ne le verrait que de temps à autre ?

Oui, s'il repartait vite à Athènes, ou n'importe où ailleurs, elle s'en sortirait. Elle devait tout de même bien être capable de mettre à distance la colère qu'elle ressentait à l'idée d'avoir été manipulée, ainsi que le désir qu'il provoquait en elle.

Elle pensa à son père, à Maria. Tous les deux croyaient en elle. Jamais elle ne supporterait de voir de la déception dans leurs yeux, encore moins de la compassion parce qu'elle avait échoué. Tout plutôt que de leur faire pitié… On ne doutait jamais de l'audacieuse Maria, mais, elle,

elle devait prouver qu'elle était à la hauteur et qu'elle pouvait se débrouiller seule.

9 h 29…

Sa décision était prise.

5.

Lorsqu'elle franchit la porte de la salle de réunion, lumineuse et spacieuse, Lisa parvint à accrocher un sourire sur ses lèvres.

Avec une cordialité qui la détendit un peu, ses collègues se présentèrent à elle. Alexandros était un Grec d'une quarantaine d'années, grand et mince, aux cheveux poivre et sel. Nina, grecque, elle aussi, était une jolie jeune femme vive, petite et brune. Susan, une belle Anglaise blonde, semblait avoir sensiblement le même âge.

— Bienvenue, Lisa, dit Nina avec un charmant accent. Je travaille pour Tsarakis Inc. depuis trois ans. Et toi ?

Lisa rougit légèrement, et s'en voulut aussitôt. Quand arrêterait-elle de se conduire comme une enfant ? Certes, elle débutait, mais elle avait brillamment réussi ses études, commencé à travailler. Elle n'avait pas de quoi rougir.

— J'ai effectué deux missions dans des petites agences à Florence, expliqua-t-elle. L'île de Rab… C'est mon premier contrat important.

— Dis-moi, tu avais été recrutée par Paoli, c'est bien ça ? lui demanda encore Nina en lui faisant signe de la suivre à la machine à café installée dans la salle de réunion.

— Oui… Avant d'arriver ici, je ne savais pas que Roberto Paoli ne dirigeait plus le projet. J'avoue être un peu surprise par la tournure des événements mais… je m'adapte.

— Bravo ! C'est la règle de base, avec Nikos Tsarakis : savoir s'adapter et adopter sa façon de travailler ! Mais, vraiment, tu ne savais pas qu'il avait mis la main sur le terrain ?

Lisa fit la moue.

— Non, pas du tout. Tu connais Roberto Paoli ?

— De nom. Il a été furieux, je crois, que Nikos leur souffle le projet.

— J'imagine. Mais, tout de même, pourquoi ne pas avoir pris la peine de prévenir les architectes qu'il avait réunis ? C'est un peu cavalier… Si j'avais su avant de prendre l'avion, je t'avoue que je ne sais pas ce que j'aurais décidé de faire.

Nina hocha la tête d'un air compréhensif.

— Tu ne connaissais pas les autres membres de l'équipe ?

— Non… Je ne m'étais pas mise en rapport avec eux. Je manque d'expérience, je crois.

Nina posa une main sur son épaule en signe de réconfort.

— Tu ne fais pas un mauvais choix en restant. Tu veux un café ?

— Non, merci, je ne bois que du thé.

— Une Italienne qui ne boit pas de café ? s'exclama Nina en riant. Ça, c'est une preuve de caractère !

Gagnée par la jovialité de la jeune femme, Lisa se surprit à rire, elle aussi.

— Il y a tout de même une raison à ce goût bizarre : ma mère était anglaise !

— Je comprends mieux ! Mais sache qu'ici nous sommes tous des adeptes de la caféine pure et dure, Nikos le premier.

Nina se tut quelques secondes avant de reprendre.

— Quoi qu'il en soit, tu es la seule que Nikos ait gardée de l'équipe de Paoli, si j'ai bien compris.

Lisa fronça les sourcils.

— Oui… Et je ne sais pas vraiment pourquoi. Vu son approche de l'architecture, j'ai du mal à croire qu'il ait voulu me garder pour ma formation.

— Il paraît que tu es spécialisée en écoconstruction ?

— Oui, c'est ça. Sur le papier, rien qui puisse intéresser le groupe Tsarakis.

Nina haussa les épaules.

— Tu sais, Nikos n'est pas aussi rigide qu'il en a l'air… Ou alors peut-être qu'il t'a gardée parce que tu es ravissante ? suggéra-t-elle avec un clin d'œil complice. Attention, il est connu pour être un redoutable et impitoyable séducteur.

— Oh ! impossible ! Je ne l'avais jamais vu avant aujourd'hui. Enfin, presque… Et je ne pense pas lui plaire.

Une idée saugrenue lui traversa l'esprit : Nikos Tsarakis avait-il attendu de la rencontrer pour savoir s'il voulait la garder dans son équipe ? Et leur rencontre de la veille, au restaurant de l'hôtel, avait-elle influé en quoi que ce soit sur sa décision ?

— Comment peux-tu en être sûre ?

— Oh ! je pense qu'il aime les femmes sophistiquées.

À son tour, Nina fit la moue.

— Si tu le dis…

Soudain, l'atmosphère changea dans la pièce : l'intéressé venait d'entrer. Vêtu d'une chemise blanche et d'un pantalon chino bleu marine, le tout sans doute sur mesure, les cheveux encore humides, il était magnifique.

En allant s'installer à la table de réunion, il lança un coup d'œil à Lisa et sourit avec arrogance, comme pour lui dire : « Je savais que vous seriez là. »

Elle réprima un mouvement de colère. Elle avait pris sa décision, plus question de revenir dessus. Mais quel homme détestable ! Vivement qu'il leur donne ses instructions et reparte d'où il était venu.

Nikos se leva.

— La réunion est maintenant terminée, je vous remercie pour votre attention, et pour votre implication. Nous avons devant nous un mois et demi à Rab pour commencer à concevoir les logements de rêve qui feront fantasmer les touristes les plus riches du monde, soucieux de préserver leur calme et leur intimité. Vous disposez tous d'un dossier contenant des documents, des plans, des photos…

Il regarda sa montre.

— Le ferry part de Jablanac dans trois heures, cela vous laisse le temps de déjeuner. La traversée jusqu'à Mišnjak, au large de l'île de Rab, est rapide, pas plus de quinze minutes.

— Vous… Vous venez avec nous ? demanda Lisa Rossi, visiblement déroutée.

Il haussa les sourcils.

— Bien sûr. Cela vous étonne ?

— Non, non… Mais je pensais que vous partiriez une fois la réunion de cadrage terminée. Et que vous reviendriez de temps à autre pour contrôler l'avancée du travail…

Il lui sourit avec ironie.

— Je m'implique toujours beaucoup dans mon travail, de la conception à la réalisation. N'oubliez pas que je suis architecte de formation, moi aussi. Par ailleurs, j'aurai le plaisir de faire plus ample connaissance avec *toute* l'équipe.

Il vit la jeune femme se crisper. Sans doute aurait-elle préféré le voir partir très loin d'ici. Elle le détestait, ce qu'il pouvait comprendre vu la situation dans laquelle elle se retrouvait par sa faute. Serait-il difficile de collaborer avec elle ? Il n'en savait rien encore… Mais il devait reconnaître une chose : en restant, elle avait montré une grande capacité d'adaptation.

Néanmoins, on pouvait redouter qu'elle ne s'investisse

pas assez dans le projet parce qu'elle aurait préféré travailler sous les ordres de ce doux rêveur de Paoli.

Il fronça les sourcils. Depuis qu'il l'avait vue, la veille au soir, au restaurant de l'hôtel, l'air à la fois un peu perdu et décidé, il savait que son manque éventuel d'implication et de motivation n'était plus le seul problème qu'elle pouvait lui poser. La vérité, c'était qu'elle suscitait en lui un désir fou qu'il n'avait pas connu depuis l'adolescence… Avec ses cheveux auburn et ses yeux verts, elle le fascinait. À chaque instant, il avait envie d'embrasser sa belle bouche pulpeuse, de suivre du doigt la courbe bien dessinée de ses sourcils, de caresser ses épaules, sa poitrine, de relever sa jupe et de dévoiler ses jambes fines et musclées…

Bref, elle était aussi dangereuse qu'une grenade dégoupillée, se dit-il en regardant les quatre architectes se diriger vers le jardin, où était préparé le buffet pour le déjeuner.

Lisa marchait près de Nina, et ses hanches ondulaient sous sa robe bleu marine. Il n'avait qu'une envie : la lui ôter pour découvrir sa peau nue, et défaire son chignon pour enfouir les mains dans sa chevelure…

Voilà qui allait transformer ce simple déjeuner professionnel en véritable calvaire.

Abandonnant les autres, qui bavardaient, Lisa alla se poster sur le pont pour ne pas perdre une miette de la traversée. S'il y avait un peu de brise, la mer était paisible, et le ciel était d'un bleu azur intense, sans un nuage.

Elle inspira profondément pour humer l'air marin. Soudain, elle se raidit : avant même de tourner la tête, elle avait senti la présence de Nikos Tsarakis à son côté.

— Vous étiez déjà venue en Croatie ? lui demanda-t-il en s'accoudant près d'elle.

Elle fit non de la tête. Elle frissonnait à cause de la brise, et non du timbre grave et velouté de la voix de cet homme magnifique – du moins essaya-t-elle de s'en convaincre tout en se mordant la lèvre inférieure.

Elle enfila sa veste en jean sur sa robe.

Les mains agrippées au bastingage, il regardait vers la côte, et Lisa en profita pour l'observer : ses épais cheveux bruns agités par le vent, son regard assuré et profond... Cet homme offrait un mélange de virilité, de force et d'élégance qui la troublait intensément.

— Non, jamais, répondit-elle enfin.

— Mais vous connaissez l'histoire du pays ?

Elle se sentit agacée. Pour qui la prenait-il ?

— Si c'est le sens de votre question, oui, j'ai travaillé avant de venir.

Il sembla ne pas remarquer son irritation.

— Ce pays me fascine par ses héritages multiples, reprit-il, et par la richesse de son patrimoine. J'aime aussi la fierté de ses habitants, leur soif perpétuelle d'autonomie.

Il se tourna vers elle, plongeant ses yeux noirs dans les siens, et Lisa eut une légère impression de vertige, comme si elle allait tomber.

— La Croatie compte près de sept cents îles, dont moins d'une cinquantaine sont habitées, poursuivit-il. Comme vous le voyez en ce moment, la côte qui fait face à Jablanac est très aride, rocheuse et inhospitalière : on n'y trouve guère que quelques troupeaux de moutons. En revanche, de l'autre côté, face à la mer, vous allez découvrir que le rivage est vert et boisé - le plus verdoyant de l'archipel du Kvarner –, avec de jolies baies et de nombreuses criques entre le cap de Kalifront et celui de Frkaj. Sur la presqu'île de Lopar, dans le nord de l'île, on trouve des plages de sable fin, ce qui est rare en Croatie. L'île compte tout juste dix mille habitants dans l'année, mais pendant l'été sa population quadruple. Pourtant, il demeure possible de dénicher de petites criques tranquilles où se baigner loin des regards. Bref, cette île offre des sites merveilleux, vous verrez.

Il était fascinant, elle devait l'admettre. À l'écouter parler de paysages et de patrimoine, on aurait presque pu croire qu'il était intéressé par autre chose que le profit…

Une illusion, sans aucun doute.

— Des sites si merveilleux qu'il faudrait tout mettre en œuvre pour les protéger du tourisme de masse, vous ne croyez pas ? demanda-t-elle. Les touristes déferlent en été, dénaturant les lieux et mettant en danger l'équilibre naturel de l'île.

— Vous voudriez réserver la beauté du monde à ceux qui en ont les moyens ? demanda-t-il d'un air faussement scandalisé.

Elle voyait de l'ironie dans ses yeux. Cela l'irritait, mais cela le rendait aussi encore plus séduisant.

— Facile à dire quand on a assez d'argent pour s'isoler du reste de l'humanité lorsqu'on le souhaite, répliqua-t-elle.

Il lui sourit, puis effleura son épaule de la main pour attirer son attention.

— Regardez, nous arrivons.

Lisa avait ressenti une décharge électrique dans tout son corps à ce simple et furtif geste, qu'il avait dû faire machinalement.

Pour cacher son trouble, elle tourna le regard vers l'endroit qu'il lui indiquait. Ils étaient arrivés à Mišnjak et allaient débarquer.

— Pourquoi n'avez-vous pas pris un hélicoptère pour vous rendre sur l'île ? demanda-t-elle sur un ton de léger défi. J'imagine que vous en avez les moyens.

Il rit.

— Certes. Et j'aime beaucoup me déplacer vite. Mais, en l'occurrence, je veux continuer à m'imprégner du lieu pour mieux le comprendre. Je sais que vous n'aimez pas ma façon d'envisager l'architecture, Lisa, mais sachez que je suis très attentif à ce que nos luxueuses demeures s'intègrent avec harmonie dans la géographie et l'histoire d'un site. C'est ce que nos clients recherchent et apprécient, depuis longtemps maintenant… Venez, nous allons débarquer et récupérer nos voitures à l'embarcadère.

Au volant de son 4x4, Nikos se sentait déstabilisé. Un sentiment tout à fait inhabituel pour lui, et qui l'agaçait au plus haut point : il détestait ne pas avoir le contrôle total des événements. Il faisait donc en sorte que cela ne lui arrive jamais.

Or, avec Lisa Rossi, il avait l'impression que quelque chose lui échappait. Avait-il pris la bonne décision en la gardant dans l'équipe ? Pas sur le plan professionnel, bien sûr… Mais pour sa tranquillité d'esprit ?

Il avait envie d'elle depuis qu'il avait posé les yeux sur son corps fin et musclé, sur son visage ravissant. Bien sûr, il aimait les femmes, leur compagnie, et il n'hésitait jamais à séduire celles qui lui plaisaient - ce qui lui arrivait très souvent dans sa vie de célibataire sans attaches. Mais cette fois l'intensité de son désir le surprenait. Il avait envie d'elle, mais il ressentait aussi un curieux instinct de protection à son égard.

Sa présence n'allait-elle pas le détourner de son travail alors qu'il avait besoin de toute sa concentration ?

Tout à l'heure, sur le bateau, quand elle s'était mordu la lèvre inférieure, il avait dû serrer les mains sur le bastingage pour réprimer la pulsion folle de l'embrasser passionnément, d'enfouir ses mains dans ses cheveux…

Sur le siège passager, Sybil était en train de lui lire un compte rendu de l'analyse des sols en Cornouailles, mais il ne l'écoutait que d'une oreille distraite. La jeune femme avait ôté ses chaussures, révélant des orteils vernis d'un rouge vermillon, et ne faisait aucun effort pour dissimuler ses jambes nues, à peine couvertes par une jupe très courte. Son chemisier était légèrement ouvert sur sa poitrine.

Nikos soupira.

Sybil ne lui faisait aucun effet.

La seule femme à laquelle il pensait, c'était Lisa Rossi.

Il lui jeta un coup d'œil dans le rétroviseur. Le regard perdu dans le paysage, elle semblait ailleurs. Belle et fragile, intense et lumineuse.

Peut-être qu'il n'aurait pas dû la garder dans l'équipe. Mais pour rien au monde il n'aurait fait machine arrière.

L'hôtel Impérial, au bord de la mer, était moderne et luxueux. Doté d'une belle piscine extérieure chauffée, il abritait aussi un restaurant étoilé et un lounge à l'ambiance confortable et intimiste. La propriétaire, une Croate d'une cinquantaine d'années, grande et brune, les accueillit avec un large sourire, et leur proposa aussitôt de leur montrer leurs chambres, qui se trouvaient au premier étage.

Dès leur arrivée, Nikos avait disparu en compagnie de Sybil, toujours aussi disponible et dévouée - jusqu'à quel point ? ne put s'empêcher de se demander Lisa pour la énième fois –, afin de régler des « affaires urgentes ».

Tant mieux. Moins il serait à proximité, mieux ce serait pour sa tranquillité d'esprit. D'après ce qu'elle avait compris, ils avaient une chambre chacun au deuxième étage, sans doute pour préserver leur confort.

En découvrant la sienne, elle réprima un petit cri de surprise. Vaste, claire, donnant sur le port et faisant face à la vieille ville médiévale de Rab, elle était tout simplement splendide. Des bouquets de fleurs avaient été disposés sur les deux consoles d'acajou, et le grand lit était recouvert d'un jeté de lit en soie damassée rouge.

Elle s'assit au bord du lit et vit le film de la journée se dérouler dans son esprit.

Tout à l'heure, sur le bateau, elle avait eu l'impression que Nikos et elle partageaient une sorte… d'intimité. Pire, qu'il allait se pencher vers elle pour l'embrasser.

Quelle stupide pensée ! Ils se connaissaient à peine…

Allons, elle devait penser à autre chose, c'était ridicule. Elle se leva et se rendit dans la splendide salle de bains de marbre gris, où elle se surprit à étudier les multiples produits de beauté mis à sa disposition, le multijet de l'immense cabine de douche. Impossible d'y résister… Une fois nue, elle se glissa sous la douche. Quel délice de sentir l'eau chaude ruisseler sur sa peau, apaisant les tensions des deux derniers jours…

Ensuite, enveloppée dans un épais drap de bain, elle sortit de la salle d'eau pour récupérer son portable dans son sac à main.

— Papa, c'est Lisa.

— Ma chérie ! Comment vas-tu ?

En entendant la voix affectueuse de son père, elle sentit les larmes lui monter aux yeux. Devait-elle lui expliquer dans quelle situation éprouvante elle se trouvait, alors qu'il la croyait tranquillement installée avec l'équipe de Paoli ?

Elle n'en avait pas le courage.

— Très bien, je suis arrivée sur l'île de Rab.

— Quel sacré voyage ! Tu dois être épuisée.

— Oh ! pas vraiment… J'attends avec impatience de découvrir le site demain matin. Et toi, tu vas bien ?

— Oh ! oui, ne t'inquiète pas. Maria est à Florence cette semaine, mais elle revient pour le week-end, comme prévu. Elle va m'aider à refaire la peinture des gîtes.

— Papa, tu ne dois pas te fatiguer !

— Ne t'inquiète pas, Felipe sera là pour m'aider.

Peu après, elle raccrocha en ressentant une sourde culpabilité : n'aurait-elle pas dû être avec son père et l'aider, comme Maria ? Pleine de nostalgie de sa maison et de sa famille, elle attrapa son sac et son appareil-photo.

La lumière était magnifique : c'était le moment idéal pour prendre quelques photos.

6.

Une fois de retour dans sa chambre, une demi-heure plus tard, Lisa s'aperçut qu'elle avait reçu un SMS de Nina.

Tu es sûre que tu ne veux pas venir boire un verre avec nous au bar de l'hôtel ?

Nina

Elle répondit aussitôt.

Sûre et certaine, merci, Nina ! Je vais dîner rapidement et me coucher tôt. Je tiens à être en forme pour demain matin !

OK, à demain, alors !

À vrai dire, avant de dîner, elle avait l'intention de s'offrir un petit plaisir en piquant une tête dans la piscine extérieure de l'hôtel.

Elle enfila rapidement son bikini orange sous sa robe et descendit.

Les grands parasols de toile beige avaient été refermés et les confortables transats étaient inoccupés lorsqu'elle arriva au bord du bassin à l'eau turquoise, dans lequel des spots à la douce lumière venaient tout juste d'être allumés.

L'employé de l'hôtel n'avait pas menti, l'eau était délicieuse, constata-t-elle en s'y glissant.

Aussitôt, elle se mit à enchaîner des longueurs de crawl. Elle adorait nager, et cette immersion lui procura bientôt un grand sentiment de détente et d'apaisement.

Enfin, elle relâchait un peu la pression après son arrivée en Croatie et sa rencontre avec ce maudit Nikos Tsarakis, qui non seulement avait ruiné tous ses plans mais en plus la laissait troublée comme une gamine dès qu'il posait les yeux sur elle.

Soudain, elle aperçut une ombre devant elle, au bord du bassin, tandis qu'elle achevait une longueur de brasse.

Elle posa la main sur la margelle et leva la tête.

Nikos Tsarakis.

Ainsi, il ne suffisait pas qu'elle pense tout le temps à lui, il surgissait devant elle en chair et en os quand elle croyait être seule…

— Vous nagez bien, dit-il d'un ton approbateur.

— Ça vous étonne ?

— Non, répondit-il en souriant d'un air étrange. Mais j'apprécie le spectacle.

Bon sang, même dans l'eau, elle avait dû rougir…

— Vous n'êtes pas allée boire un verre avec les autres ? ajouta-t-il.

— Non, je voulais…

— … être seule ?

Elle haussa les épaules.

— Oui. Mon arrivée en Croatie a été un peu mouvementée.

Il rit.

— Vous vous adaptez bien, je trouve.

— Je n'ai pas vraiment le choix, monsieur Tsarakis.

— Appelez-moi Nikos. Et que diriez-vous d'aller faire une petite visite de la ville avec moi ? Il n'est pas tard, la soirée ne fait que commencer. Je vous promets que la promenade ne durera pas trop longtemps et que vous pourrez rapidement fuir ma présence.

— Oh ! mais je… Je suis déjà allée prendre quelques photos de la mer.

Il se releva, et une nouvelle fois elle fut estomaquée non seulement par sa stature mais par son aisance et son charisme. Il avait dû prendre une douche, et il portait à présent un jean noir et une chemise de la même couleur ouverte au col, laissant apercevoir le liseré de poils bruns qui couvrait ses pectoraux.

Quelle femme aurait pu résister ?

Pour la première fois, et même si elle était d'accord avec lui sur très peu de choses, un homme l'impressionnait, par son charisme, son professionnalisme, son autorité naturelle. Et que cet homme soit en plus son patron, autoritaire et cynique, voilà qui achevait de la déstabiliser.

Elle avait le sentiment d'avancer sur un terrain miné, et de devoir louvoyer entre de multiples dangers si elle voulait en sortir indemne… Avait-elle eu tort d'accepter sa proposition de travail ? Aurait-elle dû prendre le risque de rentrer en Italie, et de voir les portes des agences d'architectes se fermer devant elle, parce qu'elle avait refusé de collaborer avec Nikos Tsarakis ?

Il était de toute façon un peu tard pour y penser.

— Je vous retrouve dans une demi-heure à la réception, déclara-t-il sans attendre sa réponse.

Depuis la terrasse du *lounge*, Nikos sirotait un gin tonic tout en regardant la jeune femme sortir de l'eau et marcher vers sa serviette, qu'elle avait posée sur un transat.

Svelte et élancée, elle était ultra-sexy dans son bikini orange. Quand il remarqua qu'elle avait deux petites fossettes au creux des reins, il sentit un violent désir s'emparer de lui. Si violent qu'il dut se retenir pour ne pas la rejoindre dans la seconde et la plaquer contre lui.

Oui, il aurait pu la renverser sur un transat, lui ôter le bas de son bikini et la pénétrer d'un seul mouvement…

Bon sang, était-il devenu une bête sauvage ?

Aucune femme n'avait jamais suscité chez lui un désir aussi primaire. Non seulement sexuel mais aussi de possession. Comme s'il voulait l'avoir pour lui tout seul…

Coucher avec une de ses employées ? Impossible. C'était une règle qu'il s'était toujours fixée. Mais alors pourquoi l'avait-il invitée à visiter la vieille ville en sa compagnie ? Voilà qui était très imprudent…

Sans aucun doute. Mais il était incapable de résister à la tentation.

Soudain, elle se retourna et posa sur lui ses magnifiques yeux verts, surmontés de sourcils fins et parfaitement dessinés. Son regard était intense, étonné… et un peu apeuré.

Que ressentait-elle en ce moment ? Percevait-elle le désir animal qu'elle éveillait en lui ? Éprouvait-elle la même chose ?

Il serra les poings pour se maîtriser.

Cette simple pensée le rendait fou. Il l'imaginait se cambrer sur son lit, passer les mains sous le soutien-gorge de son bikini et presser ses seins en pensant à lui… glisser la main dans le bas de son maillot pour se caresser, imaginant que c'était lui qui la touchait… Comme il aurait aimé la regarder se donner du plaisir, avant de la pénétrer…

Il devait arrêter tout de suite.

Il ne lui restait plus qu'à prier pour que Lisa Rossi l'exaspère très vite avec ces propositions enthousiastes en vue de protéger l'écosystème de l'île. Car il avait le pressentiment qu'il devrait avoir recours à tous les moyens possibles pour lutter contre l'attirance insensée qu'elle lui inspirait.

En arrivant à la réception, Lisa plissa légèrement les yeux pour localiser Nikos.

Il n'était pas encore arrivé ?

Ou peut-être, en fin de compte, avait-il préféré renoncer à cette promenade ? Cela aurait été la meilleure idée qu'il puisse avoir… Si elle-même l'avait pu, elle aurait couru se réfugier dans sa chambre et en aurait fermé la porte à double tour pour ne pas la rouvrir avant le lendemain matin. Et, par la suite, jamais elle n'aurait pris le risque de se retrouver ainsi en tête à tête avec son patron.

Une jeune réceptionniste s'approcha d'elle, un sourire discret aux lèvres.

— Mademoiselle Rossi ? M. Tsarakis vous attend, suivez-moi.

Elle la conduisit vers la terrasse du lounge, où Nikos était assis, un verre devant lui.

Lorsqu'elle croisa son regard, Lisa sentit dans son ventre une fulgurante décharge de désir. Que lui arrivait-il ? Ces réactions physiques, intenses, soudaines, lui étaient inconnues… Avec réticence, elle commençait à admettre qu'elle était la proie de cette sensation irrépressible dont ses amies lui avaient tant parlé. Une sensation puissante qui les rendait certes radieuses et exaltées, mais aussi imprudentes et inconséquentes, comme si toute faculté rationnelle avait déserté leur cerveau.

Oui, elle était pleine de ce désir auquel elle n'avait jamais vraiment cru jusqu'à présent. Tout au moins avait-elle toujours été persuadée qu'elle-même n'en serait jamais la victime.

Était-elle punie pour sa présomption ? Pour ne pas avoir voulu croire à l'existence du désir, le vrai, celui qui la contrôlait en ce moment de tout son être, avec une telle puissance qu'elle aurait pu, au moindre signe de la part de Nikos, et sans se soucier des conséquences, s'asseoir sur ses genoux pour l'embrasser avec passion, dévorer ses lèvres pleines et fermes, toucher sa musculature puissante du bout des doigts, sentir son…

Elle devait se maîtriser, garder son sang-froid.

C'était ce qu'elle avait toujours su faire jusqu'à ce jour. Il n'y avait pas de raison pour que ça change.

— Vous êtes ravissante, dit-il quand elle fut près de lui.

Elle cligna nerveusement des yeux en entendant ce simple compliment qui l'emplissait d'une chaleur déraisonnable.

C'était comme s'il lui avait dit qu'il avait envie d'elle.

Quelle idée stupide…

Jamais il ne lui dirait une chose pareille, tout simplement parce qu'il n'éprouvait rien de tel. Quant à elle, elle refusait de lui montrer l'effet qu'il lui faisait.

De retour dans sa chambre après ses longueurs dans la piscine, elle avait d'abord voulu descendre le rejoindre en jean, pour lui montrer qu'elle ne se donnait aucun mal pour lui. Mais elle avait finalement opté pour une jolie robe blanche en coton qui lui arrivait au genou, et ses élégantes spartiates. Elle avait coiffé ses cheveux en un chignon lâche et mis à ses oreilles les dormeuses en or et émeraude qui lui venaient de sa mère.

Au dernier moment, elle avait même ajouté une touche de gloss sur ses lèvres.

— Merci, parvint-elle à répondre d'une voix neutre qui ne tremblait pas.

Du moins l'espérait-elle.

La promenade dans Rab ne durerait pas trop longtemps, lui-même l'avait dit. Et, par la suite, elle s'assurerait de ne plus se mettre dans cette situation. C'était bien simple, elle ne quitterait plus Nina et les autres d'une semelle !

— On y va ? lui proposa-t-il de sa voix grave, en se levant de son fauteuil.

Avec de la chance, la marche et la découverte de la

ville lui permettraient de traverser plus aisément cette… *épreuve*. Son corps était si tendu, si électrique, qu'elle sentait le bout de ses seins pointer sous le coton de sa robe blanche, en dépit de son soutien-gorge.

Elle se mordit la lèvre inférieure et rougit en remarquant que le regard de Nikos s'attardait sur sa bouche.

Pour se donner une contenance, elle chaussa ses lunettes de soleil, tout en essayant de se concentrer sur les explications de Nikos, qui marchait à côté d'elle, les mains dans les poches, détendu, élégant, terriblement sexy.

Ils empruntèrent une série de ravissantes ruelles pavées.

— Comme vous le savez, la ville est ceinte de remparts qui datent du Moyen Âge, expliqua-t-il. Elle compte quatre clochers. Comme beaucoup d'îles de la région, Rab est passée entre beaucoup de mains : celles des Illyriens, des Romains, des Byzantins, des Vénitiens, des Français… C'est pour cette raison que son patrimoine historique et culturel est si riche.

Tu dois te concentrer, Lisa, tu dois te concentrer…

— J'ai lu qu'il y avait beaucoup de vignes sur l'île, fit-elle remarquer.

— Oui, grâce à un ensoleillement exceptionnel. Il y a beaucoup de champs de lavande et d'oliviers. Un quart de l'île est couvert de forêts. Au début du XXe siècle, on a planté beaucoup d'arbres sur d'anciens pâturages : pins maritimes, cyprès, frênes, chênes verts, épicéas, mais aussi des agaves, des figuiers de Barbarie… Les habitants de Rab vivent de l'agriculture, de la pêche… et du tourisme, ajouta-t-il en lui lançant un regard ironique.

Elle l'aurait écouté des heures parler ainsi, avec tant de passion et de conviction qu'elle oubliait presque qu'il demeurait avant tout un redoutable homme d'affaires.

Soudain, il s'arrêta devant un petit restaurant sur le

port. La nuit tombait, à présent, et des lampions dorés éclairaient la terrasse, composée de quelques tables.

— Vous avez faim ? Venez, leurs poissons sont excellents.

— Oh ! mais…

— Ne discutez pas, vous devez être affamée.

Inutile de protester davantage, comprit-elle, il ne changerait pas d'idée. Et puis, au fond, il avait raison : elle avait une faim de loup.

Ils prirent place à une petite table en terrasse.

— Je vais prendre le bar rôti au piment d'Espelette, annonça Nikos, après avoir rapidement lu l'ardoise où figurait le menu du jour.

— Moi aussi.

Ce n'était pas très glorieux, mais elle venait de franchir ce nouvel obstacle. Qui aurait cru qu'un homme pourrait un jour l'empêcher de « comprendre » un menu…

— Alors, Lisa, que pensez-vous de l'île de Rab ?

Ouf, le terrain professionnel : si elle parvenait à y rester, elle était sauvée…

— Pour l'instant, je dois avouer que je suis frappée par l'authenticité qu'elle a su conserver.

— Alors vous êtes d'accord : tourisme ne veut pas forcément dire effondrement de l'écosystème et sites ravagés ?

Elle secoua la tête.

— Ce n'est pas ce que je voulais dire. À mes yeux, et je pense qu'on ne peut pas le contester si on veut être honnête, le tourisme de masse abîme *forcément* les sites. Pensez au système hydraulique, par exemple, surchargé pendant l'été, aux déchets et à leur traitement quand la population explose…

— Vous voudriez éradiquer le tourisme ? Il apporte un revenu précieux pour tout le pays.

— Je le sais très bien. C'est pourquoi je pense qu'il

faut concevoir des constructions spécifiques, appropriées au climat, au terrain, à la nature des sols…

Le serveur les interrompit en apportant leurs plats, avant de s'éloigner discrètement. Lisa entendait le murmure des conversations derrière eux, dans la salle, mais elle avait l'impression perturbante qu'ils étaient seuls au monde.

Nikos lui servit du vin blanc.

— Pas trop, merci. Je veux être en forme demain matin.

Il sourit.

— Ne vous inquiétez pas. Un petit verre de vin ne vous donnera pas la migraine. Et il est bio.

— Oh… Merci, alors.

Avait-il pensé à elle en choisissant le vin sur la carte ? L'idée saugrenue qu'il avait pu avoir une attention pour elle diffusa une intense chaleur dans tout son corps.

— Vous aviez déjà dessiné des plans, mis quelques idées sur le papier, avant de venir ici ? demanda-t-il d'un ton plus sérieux. Je veux dire : dans la perspective de collaborer avec Paoli ?

Elle fit mine de regarder les bateaux amarrés. Allait-elle lui avouer qu'elle avait travaillé telle une écolière impatiente de faire sa rentrée ?

— Oui… J'ai un peu réfléchi, dit-elle enfin.

— Vous me montreriez votre travail ? demanda-t-il d'un air intéressé.

— Oh non, ce ne sont que des ébauches… Et puis je crois que c'est le contraire de ce que vous avez en tête : l'idée de départ était de construire un nombre limité de maisons de taille modeste, avec des matériaux locaux… De prévoir un système économe en eau, un recyclage des déchets systématique, l'utilisation d'énergies renouvelables, comme le solaire… Bref, rien qui puisse capter votre attention, je le crains. Ni celle des riches touristes qui se ruent sur vos réalisations.

— Vous seriez surprise : certains s'intéressent de près à l'écologie. Mais je n'ai pas dit que je voulais modifier mon projet, seulement voir ce que vous aviez imaginé avant de venir.

Vraiment, quelle arrogance… Il prétendait vouloir jeter un coup d'œil à ses croquis alors qu'il n'avait en réalité aucune intention d'en tenir compte ! Quelle curieuse façon de traiter ses collaborateurs…

Mais après tout, songea-t-elle tout à coup, s'il y avait la moindre chance qu'il retienne une seule de ses idées, cela ne valait-il pas la peine d'essayer ?

— Comme vous voulez, répondit-elle d'un ton neutre, avant de boire une gorgée de vin. Mais à mon tour de vous poser une question : comment avez-vous choisi les autres membres de l'équipe ?

— Très simplement : j'ai pris les meilleurs. Par ailleurs, tous travaillaient déjà pour Tsarakis Inc.

— Je suis donc la seule avec laquelle vous n'avez jamais collaboré ?

— Oui.

— Dites-moi la vérité, pourquoi m'avoir gardée, *vraiment* ? Pour disposer d'une caution écologique, parce que vous savez que la préservation de l'environnement est à la mode ?

Il la regarda droit dans les yeux.

— Vous êtes très intelligente, Lisa. Mais vous devriez vous faire davantage confiance. Ce contrat est une réelle opportunité pour vous, si vous décidez de faire vos preuves.

Elle haussa légèrement les épaules. Il ne lui avait pas dit qu'elle faisait fausse route, mais sa réponse, étrangement, lui mettait un peu de baume au cœur.

— Votre famille était d'accord pour que vous fassiez des études d'architecture ? demanda-t-elle pour changer de sujet. Je veux dire… Elle s'attendait peut-être à ce que vous choisissiez la banque, la finance, quelque chose comme ça, non ?

— « Quelque chose comme ça » ? répéta-t-il en souriant. Non, c'est Sacha, mon frère aîné, qui a hérité de ce fardeau. Mais, comme je suis un frère affectueux, je travaille avec lui, y compris sur les aspects financiers.

— Un fardeau ? Que voulez-vous dire ?

— Cette responsabilité doit parfois lui peser… Disons que j'ai plus de liberté que lui.

Soudain, Lisa se rendit compte qu'elle l'écoutait avec un intérêt encore plus grand, maintenant qu'il abordait sa vie privée. C'était de pire en pire, pensa-t-elle. Non seulement elle avait été incapable de maintenir la conversation sur le terrain professionnel, mais elle n'avait qu'une envie : en savoir plus sur lui, sa famille, son passé.

Plus la soirée avançait, plus elle sentait qu'elle baissait la garde.

Et c'était aussi excitant que terrifiant.

7.

Nikos se carra sur sa chaise tout en scrutant le visage de Lisa.

Pourquoi lui raconter tout ça ? Il n'avait pourtant pas l'habitude de se confier ainsi à une femme. Surtout s'il travaillait avec elle. D'ordinaire, il mettait un point d'honneur à ne pas mêler vie privée et vie professionnelle.

Mais elle avait visiblement décidé de le soumettre à un feu nourri de questions.

— Plus de liberté pour faire quoi ? demanda-t-elle.

— Pour travailler, bien sûr, mais aussi pour voyager, sortir…

— Rencontrer des femmes ?

Il la vit s'empourprer en dépit de la lumière tamisée, ce qui le fit sourire.

— Oui, aussi. Même si mon frère Sacha ne s'en est jamais privé, lui non plus. Du moins jusqu'à récemment.

— Comment ça ?

— Il est à Athènes en ce moment, où il a ramené une Anglaise, mère célibataire d'un petit garçon de quatre ans. Cela ne lui ressemble pas. D'habitude, il ne sort qu'avec des femmes sans attaches… Cette fois, pour une raison que j'ignore, il n'agit pas comme d'habitude.

— Et vous, vous n'êtes pas prêt à vous engager ? À avoir des enfants ?

— Pour quoi faire ? Perpétuer la dynastie ? Très peu pour moi ! dit-il en riant. Cela aussi, je le laisse à Sacha.

Elle détourna les yeux.

— Vous n'êtes que deux frères ?

Nikos sentit instantanément son humeur s'assombrir, comme à chaque fois qu'il pensait à Theo en ce moment.

Que faisait son frère cadet, qui ne donnait plus signe de vie depuis plus d'un mois ? Il refusait obstinément de prendre ses appels et ceux de Sacha, et Nikos savait qu'il ne répondait pas non plus à ceux de leur mère.

Quoi qu'en dise leur frère aîné, Theo ne s'était pas volatilisé pour vivre une passion aussi brûlante qu'éphémère avec un top model russe ou scandinave. Non, il s'était passé quelque chose, il en aurait mis sa main au feu. Quelque chose d'assez grave pour que Theo cesse de communiquer avec eux, ce qui n'était jamais arrivé par le passé.

Quel était cet événement qui l'avait ainsi poussé à se couper brutalement de sa famille ?

— Non, j'ai un frère plus jeune que moi. Theo.

— Et que fait-il ?

— Il travaille dans la finance. Il est gestionnaire de patrimoine.

— Ah, il a quitté le giron familial pour se lancer seul, alors ?

Nikos balaya sa remarque de la main.

— Il est aussi associé à Tsarakis Inc. Mais, oui, il est le plus indépendant. Tandis que Sacha est le plus responsable.

— Et vous ?

— Je dirais… le plus fougueux.

Elle haussa les sourcils.

— J'aime prendre des risques, expliqua-t-il en réponse à sa question muette. Et vous ? Vous avez des frères et sœurs ?

— Oui, une sœur jumelle.

— Une jumelle ? Il existe donc dans le monde une autre femme aussi époustouflante que vous ?

— Ne vous moquez pas.

— Je ne me moque pas du tout. Vous vous ressemblez beaucoup, toutes les deux ?

— Oui… Mais…

— Mais quoi ?

— J'ai un grain de beauté sur la joue qu'elle n'a pas.

Il lui sourit.

— Même sans ça, je suis sûr de vous reconnaître. Vous êtes unique. Et très belle, Lisa.

Elle baissa la tête.

— Je crois que j'ai un peu trop bu, tout compte fait. Le dîner était excellent, mais je crois que je vais rentrer maintenant.

La jeune femme se leva, mais Nikos nota qu'elle respirait vite et que ses pupilles étaient légèrement dilatées. Il savait reconnaître les signes du désir chez une femme… Lisa ressentait la même chose que lui, et cette idée ne faisait qu'accentuer l'envie qu'il avait de la posséder.

Comment, en deux jours, en était-il arrivé à cette situation incontrôlable ?

Sans doute cela faisait-il trop longtemps qu'il n'était pas sorti avec une femme… Le manque seul pouvait expliquer cette pulsion irrépressible. Conclusion : ne jamais faire l'impasse sur la détente et le plaisir. C'était une leçon qu'il n'oublierait plus…

Elle marchait à côté de lui en silence, élégante et féminine dans sa jolie robe blanche. S'il tendait le bras, il pourrait toucher son épaule, sa taille fine…

Une fois qu'ils furent arrivés à l'hôtel, une réceptionniste leur souhaita bonne nuit d'un air entendu, semant la confusion sur les traits de la jeune femme.

Vraiment, elle était charmante… Elle avait vingt-six

ans, si sa mémoire était bonne, du caractère et de l'expérience, et pourtant elle réagissait parfois comme une écolière. C'était si rafraîchissant. D'ordinaire, celles qu'il fréquentait ne rougissaient jamais : elles étaient rompues au jeu de la séduction, et rien ne pouvait les émouvoir.

Lisa était différente.

Elle n'était pas concentrée sur son propre objectif, sur ses intérêts. Elle se laissait submerger par ses émotions, et par son désir. Au lit, elle devait être explosive…

Il sentit son sexe se durcir.

Bon sang, il devait arrêter de l'imaginer nue en train de crier de plaisir, sinon, il allait devoir lui sauter dessus…

— Je vous raccompagne à votre chambre, dit-il.

— Ce n'est pas la peine.

Il lui sourit.

— Ce n'était pas une question.

— Et si quelqu'un nous voit ? Un membre de l'équipe ? Que pensera-t-on ? Qu'en pensera Sybil ?

— Sybil ? répéta-t-il en haussant les sourcils. Elle n'a rien à en penser, je vous assure. Et il n'est pas si tard : croyez-moi, vos collègues doivent être encore en train de dîner. Je les connais : ils adorent discuter. Vous n'êtes pas la seule à vouloir refaire le monde, Lisa. Et puis nous ne faisons rien de mal.

Était-il sincère en lui donnant cette réponse ? songea-t-il. Pas tout à fait… Il se sentait glisser sur une pente terriblement dangereuse. À la seule idée de la raccompagner jusqu'au seuil de sa chambre, il sentait son pouls s'accélérer encore.

Parviendrait-il à se retenir ? À ne pas la prendre dans ses bras pour l'embrasser, presser ses seins dans ses mains…

— Voilà, c'est ma chambre, annonça-t-elle d'une voix faible.

À la douce lumière distillée par les appliques du couloir,

Nikos admira le visage de la jeune femme, son teint pâle, ses grands yeux d'un vert incroyable, son nez fin, sa bouche sensuelle, ses épais cheveux auburn, son cou gracieux…

Ne pouvant retenir son geste, il tendit la main et lui caressa la joue.

La jeune femme ferma les yeux et se laissa aller contre sa paume. Il devina que, s'il l'avait d'abord embrassée, elle aurait fui. Ce geste la rassurait… mais il ne pouvait attendre davantage.

Sans ôter sa main, il inclina la tête.

Leurs lèvres n'étaient plus séparées que par quelques millimètres… Il s'approcha jusqu'à les effleurer, et la jeune femme ferma les yeux. Quand il fit glisser la main sur sa nuque, il se délecta de la chaleur et de la douceur de sa peau avant de mordiller sa lèvre inférieure et d'approfondir son baiser.

Avec un petit gémissement, elle se pressa contre lui, et Nikos plaqua ses hanches contre les siennes.

Soudain, elle s'écarta. Les cheveux qui s'échappaient de son chignon auréolaient son visage, et elle avait l'air sous le choc.

— Il ne faut pas, murmura-t-elle. Nous travaillons ensemble…

Bon sang, une seconde de plus et il aurait été incapable de se contrôler. Elle le rendait fou… S'arracher à elle, à son corps, était un supplice insupportable.

— En plus, ajouta-t-elle, nous ne sommes d'accord sur rien.

Il haussa les sourcils d'un air surpris avant d'éclater de rire.

— Tu crois vraiment que c'est un problème ?

— Pour moi, oui.

— Au contraire, les oppositions mettent du piment dans les… relations.

Elle croisa les bras sur sa poitrine et releva le menton.

— Une relation ? Coucher avec une de tes employées avant de passer à une autre proie, c'est cela que tu appelles une *relation* ?

— Une proie ? Lisa, je n'ai jamais forcé une femme à faire quoi que ce soit.

— Parce que tu n'en as pas besoin.

— Comment ça ?

— Tu es riche, beau, charismatique…

Il rit de nouveau. Décidément, elle avait le don de le surprendre comme aucune autre avant elle.

— Et cela fait forcément de moi un séducteur sans scrupules ?

— Je ne sais rien de ta vie sentimentale, et ça ne me regarde pas. Tout ce que je veux, c'est travailler et réussir pour pouvoir me servir de cette expérience… inattendue. Je ne peux pas me permettre de tout gâcher, tu comprends ?

Il hocha la tête, étrangement touché par sa sincérité.

— Oui, je comprends. Mais je suis sûr que tu vas réussir, de toute façon.

— Laisse-moi te le prouver *vraiment*, puisque je n'ai pas le choix.

D'une main tremblante, elle fit glisser la carte dans la serrure de la porte.

— Bonne nuit…

— Bonne nuit, Lisa.

Sans le quitter des yeux, elle referma doucement la porte.

Nikos se passa la main dans les cheveux.

Décidément, Lisa Rossi ne ressemblait à personne.

Et il ne s'en sentait que plus excité à l'idée de la tenir de nouveau dans ses bras. Et cette fois pour de bon, sans qu'elle lui échappe.

Et, cette fois, elle serait parfaitement consentante.

Depuis la terrasse de l'hôtel, Lisa contemplait la vue sur le port et la vieille ville, tout en sirotant son thé.

Pour leur première visite du site, elle avait choisi un simple T-shirt noir, un short en jean et des chaussures de marche. Elle avait également pris son chapeau de paille, ses lunettes de soleil, et attaché ses cheveux en queue-de-cheval.

Dire que quelques jours plus tôt elle pensait encore se retrouver ici avec Roberto Paoli, cet architecte qu'elle admirait et respectait tant... Et voilà qu'au lieu de ça elle devait travailler sous les ordres directs d'un milliardaire qui ne s'intéressait à rien de ce en quoi elle croyait, un homme arrogant, autoritaire, insensible, avec lequel elle ne partageait aucune valeur.

Il allait faire ce qu'il voulait, comme il l'entendait, avec l'aide de son équipe dévouée. Même Nina semblait à mille lieues de vouloir remettre en cause son autorité. Tous semblaient l'admirer.

Elle soupira.

La vérité, c'était qu'elle avait aussi pensé qu'elle travaillerait sous la direction d'un quinquagénaire courtois et marié, et qu'il n'y aurait pas de place pour une quelconque ambiguïté sexuelle ou sentimentale dans ce cadre professionnel rassurant.

Bref, pour résumer, elle devait accepter, si elle ne voulait pas perdre son travail et son salaire, les directives d'un mâle alpha au charme ravageur.

Rien, absolument rien ne se passait comme prévu.

Et, après le baiser qu'ils avaient échangé la veille au soir, elle devait bien admettre qu'elle n'était peut-être pas aussi forte et rationnelle qu'elle l'avait toujours pensé. Tout en la mettant constamment hors d'elle, Nikos Tsarakis avait sur elle un effet dévastateur, sans qu'elle comprenne pourquoi.

Elle avait la sensation - d'autant plus inconfortable

qu'elle était inhabituelle - que la situation échappait à son contrôle.

Une seule chose la rassurait : vu le genre de femme qu'il semblait apprécier d'ordinaire - en gros, celles qui ressemblaient à Sybil –, il n'y avait aucune chance pour qu'il s'intéresse *pour de bon* et *longtemps* à elle. Dans ces conditions, elle pouvait, telle une adolescente, fantasmer tant qu'elle le voulait sur lui : elle ne risquait pas grand-chose.

Bien sûr, il l'avait embrassée, et ce baiser avait été époustouflant. Elle frissonna en se remémorant ces minutes incroyables. Mais il s'agissait d'un concours de circonstances, jamais cela ne se reproduirait, elle le savait. Nikos avait dû céder à l'impulsion du moment, à l'habitude qu'il avait de séduire les femmes avec lesquelles il dînait.

Qu'aurait-elle bien pu représenter à ses yeux ? Elle était inexpérimentée, émotive, très loin de la sophistication vestimentaire à laquelle il devait être accoutumé : pour lui, elle devait être aux antipodes de la séduction, pensa-t-elle avec amertume.

Le fait qu'il ait fini par s'écarter et par lui dire bonne nuit avec indifférence en était la preuve.

Et, comme si elle avait eu besoin d'une preuve supplémentaire, il l'avait saluée ce matin comme si rien ne s'était passé, lui témoignant la même amabilité qu'aux autres, ni plus ni moins. Ensuite, il avait pris le volant d'un 4x4 noir aux vitres fumées, avec à ses côtés la splendide Sybil – en minijupe plissée blanche, top bain de soleil jaune et escarpins.

Cela l'avait blessée, bien sûr, mais c'était sans doute mieux ainsi. Flirter avec son patron alors qu'ils n'avaient même pas commencé à travailler ensemble et qu'elle n'avait pas encore eu le temps de faire ses preuves : elle aurait difficilement pu imaginer pire.

Elle devait se concentrer sur son travail et oublier Nikos.

— Tu as vu comme l'île est belle, de ce côté-ci ? lui fit remarquer Alexandros en la rejoignant sur la terrasse, une tasse de café à la main.

Elle lui sourit. Elle appréciait le calme et l'amabilité de ce nouveau collègue. En travaillant avec lui, on devait avoir l'impression qu'aucun problème ne pouvait rester sans solution. Peut-être qu'à ses côtés elle pourrait acquérir un peu de cette sérénité qui lui faisait si souvent défaut, surtout en ce moment ?

— Oui, c'est un tel contraste avec la côte intérieure ! Autant de paysages différents sur une surface aussi réduite : quelle aubaine pour les touristes…

Alexandros se tourna vers elle.

— Nikos t'a proposé un contrat à durée déterminée ?

— Oui, un contrat de six mois… Tu travailles pour lui depuis longtemps ?

— Depuis cinq ans. La première fois, c'était pour la conception d'un grand immeuble résidentiel à Monaco. Tu sais que c'est dans cette ville que le groupe Tsarakis est vraiment devenu ce qu'il est aujourd'hui ? Depuis, il a gardé des liens forts avec la principauté.

— Tu es allé là-bas ?

— Oui. Nikos aime que le travail de conception débute sur place. Comme ici, à Rab.

Lisa hésita.

— Et ça se passe bien, avec lui ?

— Ma foi, oui. Il faut dire qu'en cinq ans j'ai appris à le connaître. Il sait ce qu'il veut, c'est sûr, et c'est un euphémisme. Par exemple, tu peux être sûre qu'il a déjà plusieurs longueurs d'avance sur nous dans la conception du complexe. Et, même s'il est difficile de se faire une place face à lui, il sait tout de même écouter ses collaborateurs. Enfin, cela lui arrive… *parfois* ! ajouta en riant l'architecte grec.

— On peut dire que c'est un patron correct avec tout le monde, ajouta Susan, qui s'était approchée.

Elle aussi avait revêtu une tenue adaptée : T-shirt et short, chaussures de marche.

— Même avec les femmes ? demanda Lisa.

Sa collègue secoua la tête.

— Il leur plaît, c'est le moins qu'on puisse dire, et il le sait. Pour autant, je ne l'ai jamais vu franchir la frontière entre vie privée et vie professionnelle.

Lisa préféra ne pas relancer la conversation. S'ils avaient su ce qui occupait la moindre de ses pensées…

Heureusement, Nina arriva bientôt pour leur dire que leur voiture était disponible, et qu'ils devaient y aller.

8.

Sous le charme, Lisa contemplait le paysage qui l'entourait.

En contrebas du terrain qui accueillerait bientôt les luxueuses villas de rêve de Nikos, on apercevait une petite crique de sable. La mer turquoise brillait sous le soleil d'automne, et, en dépit des pensées perturbantes qui ne la quittaient pas, elle se sentait profondément touchée par la beauté de ce fragile équilibre insulaire.

Elle imaginait tout ce qu'on aurait pu créer ici… Si un promoteur grec insensible et autoritaire n'avait pas jeté son dévolu sur ce lieu splendide pour y faire construire une résidence pour clients ultra-privilégiés, uniquement préoccupés par leur propre bien-être.

Elle saisit son carnet et un crayon dans son sac et commença à prendre des notes, tout en pensant, désabusée, aux plans qu'elle avait tracés avant de partir et qui dormaient à présent dans sa valise, inutiles… Nikos Tsarakis n'en avait rien à faire. Seule la rentabilité du projet comptait à ses yeux.

Pourtant, elle refusait de s'avouer vaincue.

Comme il le lui avait suggéré, elle lui ferait des propositions dès qu'elle le pourrait. Oh ! elle ne se faisait pas d'illusions : il n'avait aucune intention de l'écouter en quelque matière que ce soit. Mais au moins elle essayerait de travailler en restant un tant soit peu fidèle à ses convictions.

Elle sentit sa concentration baisser drastiquement en voyant Nikos s'approcher d'elle. Les mains dans les poches de son jean, il était sublime et dégageait une virilité à couper le souffle. Mon Dieu, pourquoi respirait-elle aussi vite ? Et pourquoi son cœur battait-il à toute allure ?

Elle essuya ses mains moites sur son short en jean.

— Alors, tes impressions ? demanda-t-il de sa voix profonde qui lui faisait l'effet d'une caresse.

— C'est très beau. Je comprends que tu te sois battu pour ça. Dommage que tu n'aies pas à cœur la préservation de l'équilibre naturel de la crique, et de cette pinède qui nous entoure.

Les lunettes de soleil qu'il portait l'empêchaient d'en être sûre, mais elle sentait qu'il la fixait avec intensité.

— Quelle obstination, mademoiselle Rossi… Allons, je suis sûr que tu vas te prendre au jeu et nous aider à concevoir les plus belles villas de l'Adriatique. Chez les Tsarakis, nous nous autorisons toutes les audaces, quel qu'en soit le prix.

— Je me moque de ton argent !

Il éclata de rire.

— Je suis sûr qu'avec ta fougue tu arriveras à prévoir des économies d'énergie tout en satisfaisant à mes exigences et à celles de mes clients. Ce sera très formateur, tu verras.

Face à l'arrogance de Nikos, Lisa sentait la colère bouillonner en elle.

— Je n'en doute pas un seul instant.

Du coin de l'œil, elle aperçut Sybil qui s'approchait d'eux de sa démarche chaloupée et sexy.

— Nikos, dit-elle en posant négligemment une main aux ongles parfaitement manucurés et vernis sur son épaule musclée, Mr Pence vient d'appeler pour faire une offre. Vous voulez l'étudier au calme ? J'ai reçu les documents par mail.

Il hocha la tête.

— Oui, rentrons à l'hôtel. De toute façon, je connais le site par cœur. Travaille bien, Lisa, et laisse aller ton imagination. Je te l'ai dit, tout est permis au sein du groupe Tsarakis !

Lisa fulminait en les regardant partir. Et que cette Sybil pouvait l'horripiler, avec ses grands airs !

Mais était-ce seulement son côté hautain qui l'exaspérait ? Nikos l'avait-il déjà embrassée, elle aussi ? Ou avait-elle l'habitude de le rejoindre dans son lit quand ils étaient en déplacement ?

Pour ne pas chercher davantage la réponse à cette question, elle se dirigea vers Nina, qui, assise par terre en tailleur, tapait sur son ordinateur potable.

— Tu veux marcher jusqu'à la crique ? lui demanda-t-elle.

— Bonne idée ! Je regarde les mesures transmises par le géomètre et j'arrive.

La fin de ce mois de septembre sur l'île de Rab était superbe.

Tout au long des belles journées qui s'enchaînaient depuis leur arrivée, une semaine plus tôt, le ciel leur offrait son bleu intense, sans un nuage, et le soleil, sa douce lumière dorée.

Comme elle l'avait espéré, Lisa pouvait se baigner chaque matin. Elle se rendait très tôt sur la plage près de l'hôtel. La température de l'eau commençait à être fraîche, mais en aucun cas cela ne l'aurait découragée.

Après ce bain matinal, elle se sentait régénérée, prête à affronter la journée. À son retour à l'hôtel, elle se hâtait de prendre son petit déjeuner et de se mettre à travailler sur son ordinateur portable, dans la salle que Nikos avait réservée à un usage privé et qui donnait sur le jardin de l'hôtel.

Ils avaient pour habitude de déjeuner tous ensemble, sans Nikos, la plupart du temps, qui s'isolait dans sa suite pour travailler, mais ils faisaient un point avec lui en fin d'après-midi. En général, il reprenait certains aspects, leur demandait d'en corriger ou d'en approfondir d'autres, avec une intelligence et un esprit de synthèse qu'elle ne pouvait s'empêcher d'admirer. En écoutant ses remarques, ses conseils pertinents et brillants, elle se disait qu'au moins elle ne travaillait pas pour un héritier incompétent.

Pendant ses moments de repos, Lisa faisait de petites randonnées sur l'île, visitant les nombreuses criques. Nina ou Susan l'accompagnaient parfois, mais le plus souvent elle était seule, et elle en profitait pour lire, envoyer des SMS à son père et à Maria.

Le soir venu, elle dînait seule dans sa chambre ou bien avec ses collègues. Son seul objectif : éviter de se retrouver seule avec Nikos.

Pourtant, les jours qui passaient lui montraient qu'elle avait tort de se méfier. Nikos ne semblait plus rechercher sa compagnie et ne lui accordait aucune marque d'attention particulière. Une seule fois, il avait de nouveau insisté pour qu'elle lui montre les dessins qu'elle avait réalisés alors qu'elle était encore en Italie. De mauvaise grâce, elle s'était exécutée. Pourquoi s'obstinait-il, puisqu'il s'en moquait ?

D'ailleurs, depuis, il ne lui en avait pas parlé.

Il y avait néanmoins un point positif : Sybil était repartie pour Athènes, songea-t-elle avec ironie.

Assise à son bureau, elle étudiait la façade d'une résidence construite en Grèce par Tsarakis Inc., deux ans plus tôt.

— Lisa, tu pourrais me montrer comment on utilise cette fonctionnalité du logiciel de modélisation 3D ? lui demanda soudain Alexandros.

Heureuse de pouvoir aider cet architecte accompli, elle se leva aussitôt en souriant.

Lors de ses deux missions précédentes, elle avait eu l'occasion d'utiliser ce nouveau logiciel dont ils se servaient actuellement, et cela lui était très utile. Nikos s'était-il fait la réflexion lorsqu'il avait étudié son CV ? Sans doute, songea-t-elle.

Rien ne lui échappait.

Et elle, saurait-elle échapper aux pensées brûlantes qui l'assaillaient à chaque instant, et dans lesquelles il occupait la première place ?

— Tu n'as rien d'autre à faire pendant ton jour de repos ?

Surprise, Lisa leva la tête de son écran.

La voix au timbre grave et velouté de Nikos la fit frissonner, et elle frotta ses avant-bras comme si elle avait froid, en espérant qu'il ne remarquerait pas qu'elle avait la chair de poule.

— Je n'ai pas besoin de me reposer, asséna-t-elle sèchement pour dissimuler son trouble.

Il la regardait d'un air moqueur, comme s'il pouvait en cet instant lire en elle comme dans un livre ouvert.

— Vraiment ? Tu as tort. Tu sais qu'il faut lever le pied de temps à autre, ne serait-ce que pour prendre un peu de recul. C'est utile, quand on travaille longtemps sur le même sujet.

Elle haussa les épaules.

— Tu n'as pas à te préoccuper de moi, je sais quand je dois faire une pause.

Sans répliquer, il déposa sur son bureau une combinaison de natation et un gilet de sauvetage.

— Je pense que la combinaison est à ta taille. Enfile-la et viens me rejoindre sur la plage.

Lisa fixait la combinaison en néoprène noir et le gilet sans comprendre.

— Enfiler ça ? Mais pour quoi faire ?

— Je t'emmène faire du Jet-Ski.

Lisa secoua la tête avec véhémence.

— Du Jet-Ski ? Pourquoi ne suis-je pas étonnée que tu sois un adepte de ces engins polluants et bruyants ? En ce qui me concerne, il est hors de question que je monte sur une telle horreur. D'ailleurs, où en as-tu déniché un ? Je n'en ai pas vu ici depuis que nous sommes arrivés. Je n'ai vu que des kayaks…

Il sourit, et elle sentit sa température interne monter de plusieurs degrés. Son sourire était si éclatant, si irrésistible… À chaque fois, elle constatait l'effet qu'il faisait à ses interlocuteurs, qui tombaient aussitôt sous son charme. Surtout les femmes, bien sûr…

Soudain, elle eut l'impression déconcertante qu'il y avait quelque chose de plus dans son sourire… Un je-ne-sais-quoi de troublant, d'ensorcelant…

C'était un mirage, elle ne devait pas l'oublier.

— Rien n'est impossible quand on a de l'argent. Mais, dis-moi, tu ne crois pas qu'il te faudrait étudier d'un peu plus près toutes ces choses que tu détestes ? Pour ensuite mieux les combattre sans pitié ? demanda-t-il d'un ton narquois.

Elle croisa les bras sur sa poitrine.

— Je t'assure que je n'ai *aucune* envie de faire du Jet-Ski avec toi. Et je n'ai pas besoin d'étudier quoi que ce soit pour en être certaine.

— Regarde la mer, Lisa, elle est parfaite. Et tu as assez travaillé ces derniers jours. Je t'ordonne de faire une pause.

— Mais…

— Ne discute pas. Je te retrouve sur la plage dans un quart d'heure. Avec la combinaison et le gilet.

Il s'éloigna, le sourire aux lèvres.

Bon sang, si elle l'avait pu, elle lui aurait jeté cette fichue combinaison à la figure. Pour qui se prenait-il ?

Pourtant, il n'avait pas tort sur un point : elle avait besoin de se changer les idées. Elle n'avançait plus…

Après tout, pourquoi ne pas essayer ?

En soupirant, elle attrapa la combinaison et quitta son bureau.

Nikos l'attendait sur la plage, debout près de son Jet-Ski.

Lisa se sentait consternée. Parce que son patron autoritaire et imbu de lui-même l'exigeait, elle allait devoir monter sur cette machine qu'elle vouait aux gémonies, l'incarnation de tout ce qu'elle détestait ?

— Monte derrière moi, dit-il après avoir mis le scooter à la mer.

Et en plus elle allait devoir se coller à lui ?

Jamais elle n'arriverait à garder le contrôle de la situation, pensa-t-elle en s'exécutant avec nervosité.

— N'aie pas peur, dit-il en lui prenant les mains et en les posant sur ses abdominaux.

Malgré la fraîcheur de l'eau qui caressait ses pieds, Lisa sentit une onde de désir se déployer dans tout son corps en se trouvant ainsi collée contre lui. Sous ses paumes, elle sentait son ventre ferme, musclé, et elle était dévorée par l'envie de le caresser…

Il démarra.

Puis il commença à accélérer et Lisa s'agrippa plus fort. Malgré elle, elle laissa échapper un petit cri de surprise en sentant qu'ils prenaient de la vitesse.

Jamais elle ne le lui aurait avoué, mais elle se laissait peu à peu griser par la vitesse, par la sensation exaltante de voler sur l'eau. Et elle ne pouvait se retenir de crier, de peur et de plaisir mêlés.

Enfin, Nikos prit une dernière vague et fit glisser le scooter sur le sable.

— Alors, ça t'a plu ? demanda-t-il.

— Je reconnais que c'est amusant, dit-elle tout en dégrafant son gilet, mais je n'ai pas changé d'avis. C'est un engin bruyant et polluant.

Il rit.

— Que tu es têtue ! Viens, je vais t'aider à défaire ta combinaison.

Il se plaça derrière elle, souleva sa queue-de-cheval pour dégager sa nuque et fit descendre lentement la longue fermeture Éclair de la combinaison. Si elle fermait les yeux, elle pouvait presque imaginer qu'ils étaient dans sa chambre et qu'il lui ôtait sa robe pour lui embrasser la nuque, les épaules…

Elle frissonna devant cette image érotique.

Dans son dos, elle sentit le souffle de Nikos s'accélérer. Il posa ses mains chaudes sur le haut de son dos, et se mit à la masser. C'était délicieux…

Sans plus réfléchir, Lisa se laissa aller contre lui, et Nikos déposa un baiser sur sa nuque. Un baiser brûlant, qui en appelait d'autres, plus pressants, plus entiers…

Mais que faisait-elle ? Comment pouvait-elle être aussi imprudente ? Dans peu de temps, les autres ne tarderaient pas à revenir de leur excursion et débarqueraient sans doute sur la plage.

Elle s'écarta brusquement et se retourna vers Nikos.

— On va nous voir ! s'écria-t-elle, affolée.

— Je m'en moque, murmura-t-il d'une voix rauque.

— Cela ne m'étonne pas ! Mais que penseraient mes collègues s'ils nous voyaient ? Que je suis là pour autre chose que mes compétences… Tu sais très bien comment ça marche.

— Tu es là pour tes compétences, et personne n'en doute. Cela ne m'empêche pas de te trouver terriblement attirante. Est-ce un crime ?

— Non. Mais, dans le contexte présent, c'est impossible.

Nikos soupira.

— Comme tu veux. Mais je ne désespère pas de te convaincre, ajouta-t-il en souriant, avant de défaire la fermeture de sa propre combinaison et de faire glisser celle-ci sur son torse musclé et viril.

Lisa déglutit avec difficulté et dut faire appel à toute sa volonté pour retenir son geste et ne pas le toucher. Il était si beau… Jamais aucun homme ne lui avait fait cet effet-là. De façon absurde, elle avait l'impression irrationnelle que sa place était dans ses bras…

— Je rentre à l'hôtel. Et toi ?

— Je… Je vais me baigner.

— Comme tu veux, dit-il en riant.

Immobile, Lisa le suivit des yeux. Elle n'était pas la seule à être captivée : sa haute silhouette sculpturale aimantait les regards de toutes les femmes présentes sur la plage… Avec sa combinaison de néoprène négligemment baissée sur les hanches, sa peau hâlée, son corps musclé, sa démarche nonchalante… Il était la tentation même.

La sortant de sa contemplation, la voix de Nina résonna bientôt à ses oreilles. Elle se retourna aussitôt et vit avec soulagement ses trois collègues se diriger vers elle.

Au moins, elle allait penser à autre chose…

— Hello, Lisa ! Mais que fais-tu avec cette combinaison ? lui demanda Nina, étonnée.

— Oh… Comme l'eau devient fraîche, je voulais essayer de me baigner avec.

— Bonne idée ! Tu vas voir, c'est sensationnel, cela tient chaud. Viens, je vais remonter ta fermeture Éclair.

Puis, effrayée par les pensées qui tournoyaient dans sa tête et par les sensations qui envahissaient son corps, Lisa se hâta de se jeter dans la mer.

9.

— Tiens, tiens, mon architecte préférée prise en flagrant délit de paresse.

Lisa leva la tête.

Nikos, debout devant elle, souriait d'un air arrogant. Visiblement, il était ravi de l'avoir surprise à la terrasse d'un petit café du port. En ce dimanche matin, elle avait en effet décidé de traîner un peu et de profiter de la douceur de l'air en savourant un petit déjeuner : thé et tartines de confiture.

— Ne te fie pas aux apparences. Même si cela ne se voit pas, je suis en train de réfléchir à des points *très* importants concernant la façade des villas.

— Me voilà rassuré : tu n'es pas subitement devenue fainéante.

— Tu me paies pour avancer, non ? répondit-elle en haussant les épaules. Et toi, tu ne passes pas ton temps à travailler, peut-être ? Au téléphone, en visioconférence, à taper des mails et des messages, à surveiller les réseaux sociaux ? La semaine dernière, tu as même fait un aller et retour à Zagreb en hélicoptère pour un rendez-vous.

Une lueur d'amusement s'alluma dans les yeux noirs de Nikos. Sans prendre la peine de lui demander si elle était d'accord, il s'assit à côté d'elle et commanda un expresso.

Quelques touristes se mêlaient aux habitants de Rab, et déambulaient sur les quais et le petit marché, où les vendeurs avaient installé leurs stands de poissons, de fruits et légumes, de fleurs.

— Tu veux un autre thé ?

— Non, merci. J'allais partir, dit-elle en prenant son sac en toile, dans lequel elle avait glissé son livre et son appareil-photo avant de quitter l'hôtel.

Il posa brièvement la main sur son bras et, à ce simple contact, Lisa eut l'impression de fondre. Comme si de la lave se mettait à circuler dans ses veines, dans son ventre, dans tout son corps.

Incapable de faire le moindre geste, elle se contenta de le fixer.

— Ne sois pas si pressée…

Il eut un geste circulaire de la main.

— Profitons de ce moment.

Profiter d'un moment avec lui ? songea-t-elle avec une ironie désespérée. Autant faire un saut en parachute, cela aurait été plus sûr…

Il se pencha vers elle, et son trouble s'accentua. Encore quelques secondes et elle allait devoir se lever et fuir en courant… Ou l'embrasser ? Elle ne pouvait quitter des yeux la bouche ferme de Nikos, qui s'incurvait en un sourire narquois… et irrésistible.

Il croisa les jambes devant lui et sirota une gorgée de l'expresso que le serveur avait déposé sur la table.

— J'adore ce petit port…

Il se pencha vers elle et, sans transition, lui demanda :

— Rappelle-moi ce que tu devais faire dans l'équipe de Paoli ?

Elle soupira.

— Te le rappeler ? Je crois bien que tu ne me l'as jamais demandé… Oh ! et puis ce projet avec Roberto Paoli me semble si loin, à présent… Pourquoi veux-tu que je t'en parle ?

— Parce que ça m'intéresse. *Tu* m'intéresses.

De là où il se trouvait, Nikos pouvait sentir le délicieux parfum floral de la jeune femme, admirer sa peau laiteuse et veloutée, ses lèvres sensuelles. Dans son petit T-shirt à rayures bleues et blanches, sa jupe plissée noire et ses spartiates, avec ses cheveux auburn noués en une épaisse natte, elle était tout simplement ravissante.

En venant ici, il ne pensait pas la trouver sur le port, mais, en apercevant sa silhouette fine et gracieuse à la terrasse du café, il s'était rendu compte qu'il n'attendait que ça.

Elle eut une petite moue dubitative.

— Le projet avec le promoteur que tu as… *écarté* était centré sur le concept de performance énergétique.

Elle s'interrompit un instant, comme pour rassembler ses idées, avant de reprendre :

— Pour le réaliser, nous voulions utiliser l'énergie solaire, bien sûr, mais aussi géothermique. Puis créer de nombreuses zones de végétation avec des espèces autochtones, pour apporter le maximum de fraîcheur pendant l'été et protéger les sols. Il était également prévu d'installer des potagers et des jardins de plantes aromatiques… Ces espaces verts auraient été des lieux de promenade, de rencontres. Si tu avais regardé mes carnets, tu aurais vu mes premières idées à ce sujet… C'est sur ces espaces que Roberto Paoli m'avait demandé de travailler en particulier, ainsi que sur des toitures végétales qui auraient renforcé le confort thermique et permis la rétention des eaux de pluie. Bref… Tu sais que je vis près de Florence, et nous avons la chance d'avoir un très beau jardin : j'aurais ainsi pu utiliser mes connaissances en matière d'espèces méditerranéennes.

Elle lui lança un regard de côté, sans doute pour s'assurer

qu'il l'écoutait toujours. Il fit un petit mouvement de la tête pour l'inciter à continuer.

— Voilà pour ma partie. Mais M. Paoli avait d'autres idées. Il voulait créer des installations collectives, par exemple, une laverie…

Nikos haussa les sourcils.

— J'ai l'impression que tu me parles d'un phalanstère… Tu penses que les gens qui se paient un voyage en Croatie ont envie de passer du temps à la laverie avec leurs voisins ?

Elle éclata de rire, et Nikos eut envie de la prendre dans ses bras, tant elle était belle.

— D'accord, la laverie est peut-être plus adaptée aux écoquartiers dans lesquels les gens vivent toute l'année. Pour les touristes, on pourrait imaginer d'autres types d'équipements, moins… terre à terre.

Quand elle parlait, elle avait une façon d'agiter les mains qui la rendait plus charmante encore. Comment faisait-elle pour rendre passionnantes des choses qui lui paraissaient d'ordinaire si rébarbatives ? Comment accomplissait-elle ce miracle ? se demandait Nikos, fasciné par les gestes gracieux de la jeune femme et par les émotions qui se succédaient sur son visage expressif. Ses yeux brillaient, ses pommettes étaient légèrement rosies. Et sa bouche… Tendre, pleine, recouverte d'un gloss léger… Un véritable appel au baiser.

— Tu l'as dit toi-même, la Croatie a la chance d'avoir conservé un superbe patrimoine architectural, continua-t-elle. Les Croates ne sont pas forcément favorables à ce que la côte devienne un vaste complexe touristique. Le littoral est connu pour sa beauté et sa biodiversité, tout en étant soumis à une forte pression écologique. Comment concilier préservation de l'environnement et nécessité d'attirer les touristes ? Ce pays ne doit pas devenir la proie des investisseurs qui y construisent des terrains de golf, des résidences de luxe… De plus en plus de gens se mobilisent contre ça.

— Tu veux dire contre des hommes d'affaires comme moi ?

Elle hésita un instant.

— Oui.

Il lui sourit. Elle était franche et il aimait ça. Tous deux n'avaient pas du tout la même vision de l'immobilier, du tourisme, mais il reconnaissait la valeur de ses arguments. Sans rien avoir d'une fanatique refusant de prendre en compte les enjeux économiques, elle était sincère dans son engagement.

Il respectait cela.

— Tu aimerais travailler sur un point qui te tiendrait à cœur ? Ce serait ta touche personnelle…

La jeune femme écarquilla les yeux de surprise.

— Par exemple sur la végétalisation de la toiture de l'immeuble ? Tu accepterais vraiment que je passe du temps là-dessus ?

— Tu crois que je suis le genre d'homme à prononcer des paroles en l'air ? demanda-t-il, amusé.

— Non, non ! Ce n'est pas ça… Mais je ne pensais pas que tu pourrais me demander ça.

— Il y a un début à tout, et tu es très convaincante. Je comprends pourquoi Paoli t'avait prise dans l'équipe. D'ailleurs, lui-même est un très bon architecte.

— Tu trouves, vraiment ? Pourtant, tu l'as évincé sans scrupules.

— Je te l'ai dit : dans cette affaire, il s'était associé à la mauvaise personne.

Il lui sourit.

— Tu me proposes quelque chose à mon retour ?

En entendant les deniers mots de Nikos, Lisa se raidit sur sa chaise.

— À ton retour ? demanda-t-elle, le cœur battant à coups sourds dans sa poitrine.

— Oui, je pars après-demain pour Tsiros. J'y resterai deux ou trois jours.

— Tsiros ? Où est-ce ?

— Dans les Cyclades. C'est l'île grecque où ma famille possède une maison. Je dois y retrouver mon frère Sacha et mes parents.

— Oh ! vous avez prévu une réunion de famille ?

— Oui, si l'on peut dire. Je veux voir mon frère… Je t'ai parlé de cette femme qu'il avait ramenée avec lui à Athènes… J'ai bien peur qu'il ne se soit fait avoir par cette créature vénale et sournoise.

— Vénale et sournoise ? Mais c'est une vraie sorcière, dis-moi ! fit-elle remarquer en riant. Je croyais que les Tsarakis ne se laissaient avoir par personne… surtout pas par les femmes !

— Elle a fait croire à mon frère que son fils était de lui, rétorqua-t-il avec dureté.

— Et tu es sûr qu'elle ment ?

— Ce ne serait pas la première à utiliser le mensonge pour se faire épouser par un Tsarakis.

Lisa haussa les sourcils.

— C'est vrai, commenta-t-elle avec ironie, quelle femme n'aurait pas envie de partager la vie d'un Tsarakis autoritaire et cynique ?

Nikos éclata de rire.

— Intéressante façon de voir les choses !

Mais il redevint très vite sérieux.

— Toujours est-il que j'ai besoin d'aller sur place et de juger par moi-même. L'idée que Sacha puisse se faire avoir m'est insupportable… Mais, dis-moi, ajouta-t-il avec un sourire malicieux, tu crois que tu pourras te passer de moi pendant ces quelques jours ?

Elle haussa les épaules avec une désinvolture feinte.

— Je serai tranquille, tu veux dire ! Personne pour m'obliger à faire du Jet-Ski alors que je déteste ça.

— Bien, je te laisse finir ton thé, dit-il en se levant.

— Tu vas travailler, j'imagine ?

— Exactement. J'ai un coup de fil important à passer. Mais je sais prendre du bon temps, crois-moi, dit-il d'un air entendu qui la fit rougir. Et, comme je ne demande qu'à te le prouver, je t'emmène demain voir Paradise Beach. Tu verras, c'est magnifique, et y arriver en bateau est merveilleux. C'est d'accord pour toi ?

Incapable de prononcer un mot, elle acquiesça silencieusement.

En cet instant, devant la beauté virile de Nikos, son assurance et son charme, elle comprenait qu'il était inutile de lutter contre le désir qu'il lui inspirait. En réalité, elle n'avait plus aucune envie d'y résister. Au contraire, elle voulait s'y abandonner.

Il lui prit la main et y déposa un baiser, avant de s'éloigner.

Sur sa main, Lisa avait l'impression de sentir la trace de ses lèvres, et elle eut envie d'y poser les siennes à son tour, comme pour l'embrasser.

Mon Dieu, mais quel effet cet homme lui faisait-il ?

Sa boutade résonnait dans sa tête : « Tu crois que tu pourras te passer de moi pendant ces quelques jours ? » Sans le savoir, il avait tapé dans le mille : à l'idée de ne pas le voir, même pour peu de temps, elle se sentait perdue et vide, ce qui était bien plus terrifiant que l'idée de céder au désir physique. À tel point qu'elle en oubliait presque le fait qu'il lui avait demandé de travailler à un sujet qui la passionnait.

En forme de croissant, la plage de Paradise Beach était époustouflante : sable fin, eau turquoise et cristalline, l'endroit portait bien son nom.

— C'est l'un des joyaux de l'île de Rab. Mais allons dans une des criques, à côté.

Il fit virer de bord le voilier pour aborder une petite anse entourée d'une pinède. Là aussi, la mer translucide brillait d'une lueur magique.

— Je ne sais pas toi, mais je vais plonger, déclara Nikos après avoir jeté l'ancre.

La gorge nouée, Lisa le vit ôter son T-shirt, dévoilant son torse musclé et hâlé pour plonger dans l'eau sans hésiter. Vêtu d'un simple short de bain noir, il était l'image même de la virilité et de la puissance.

Mais il était hors de question qu'elle reste à l'attendre bêtement sur le bateau ! À son tour, elle enleva sa robe et sauta. L'eau était si fraîche qu'elle se sentit étourdie une ou deux secondes avant de remonter rapidement à la surface.

— Ça va ? lui demanda Nikos, qui avait nagé rapidement vers elle.

— Oui, oui, tout va bien…

Il passa le bras autour de sa taille pour la soutenir. Son regard intense plongea dans le sien.

— L'eau est plus froide, dans les criques. Tu es sûre que tu vas bien ?

— Oui, oui, je t'assure…, répondit-elle d'une voix tremblante.

Comme à regret, il la lâcha, et Lisa eut l'impression étrange qu'elle venait d'être dépossédée d'un trésor infiniment précieux. Pour lutter contre ce sentiment déconcertant de vide, elle se mit à nager vers la plage, Nikos à ses côtés. Après avoir quasiment atteint le sable, ils firent demi-tour et remontèrent sur le pont du voilier.

Nikos s'y assit pour se sécher au soleil, et regarda la jeune femme remettre sa robe sur son maillot mouillé.

— Tu te rhabilles déjà ?

Il sourit en la voyant s'empourprer.

— J'adore te voir rougir.

— Ce n'est pourtant pas très amusant… Ma peau d'Anglaise est une vraie malédiction !

En riant, il se leva pour sortir une bouteille de champagne d'une glacière.

— Du champagne ? En quel honneur ?

— Notre première vraie sortie ensemble.

Il fit sauter le bouchon et lui tendit une coupe, qu'elle prit dans sa main fine, aux ongles vernis de rose transparent. Pourquoi se sentait-il si ému quand il remarquait ces petits détails chez elle ?

— Tu ne m'as pas décrit ta maison en Italie, fit-il remarquer. Elle se situe près de Florence, c'est ça ?

— Oui. C'est une belle villa dans le plus pur style toscan. Elle est dans la famille de mon père depuis des générations, mais mes parents ont décidé de la rénover il y a une quinzaine d'années… Elle est un peu décrépie, mais pleine de charme. J'y ai tous mes souvenirs d'enfance… Mes parents ont rénové les dépendances pour créer des gîtes, et il y a une écurie.

Il haussa les sourcils avec étonnement.

— Alors tu sais monter à cheval ?

— Oui ! J'adore ça…

Soudain, une image lui vint à l'esprit : Lisa galopant cheveux au vent, radieuse, belle… Pourquoi cette image le perturbait-elle autant ? Peut-être parce que d'habitude il n'imaginait rien de la vie des femmes qu'il fréquentait…

— Tes parents sont heureux d'avoir fait ce choix de vie ?

Une ombre passa dans le regard de la jeune femme.

— Mon père, oui, mais il a des difficultés financières… Quant à ma mère, elle est morte il y a dix ans.

— Cela a dû être très dur pour toi, tu n'avais que seize ans.

— Oui… Mais j'avais ma sœur. Et nous sommes proches de notre père. Sauf que… je m'inquiète pour lui.

— Pourquoi ?

— Il a eu une petite alerte cardiaque, et j'aimerais qu'il travaille moins. Mais il ne veut pas en entendre parler.

— Je le comprends, il est passionné. Ce qui est bon pour la santé, tu sais.

— Oui, j'imagine, dit-elle en soupirant.

Elle lui adressa un sourire un peu triste qui le bouleversa. Toujours cette envie de la protéger… Pour chasser ce besoin incongru, il ne voyait qu'une solution : assouvir le désir qu'il avait d'elle. Car même si elle lui plaisait infiniment, plus qu'aucune autre femme, et qu'il adorait être en sa compagnie, il savait que le moment viendrait où il se lasserait, inéluctablement.

Il pourrait alors retrouver son entier libre arbitre, sa liberté d'agir à sa guise, son indépendance absolue.

Il lui prit la main et la sentit frémir dans la sienne. Elle aussi le désirait, il le lisait dans ses yeux aux pupilles légèrement dilatées, à sa bouche entrouverte qui laissait voir ses dents brillantes comme de la nacre. Comme elle était belle, douce et volontaire, féminine et sensuelle.

Il ne voulait plus attendre. Il ne *pouvait* plus.

Il se leva et la souleva de ses bras.

— Nikos ! Qu'est-ce que tu fais ?

— Ce dont j'ai envie depuis la première minute où je t'ai vue…

Il entra dans la cabine et la déposa sur le lit. Puis il s'inclina vers elle et s'empara de sa bouche avec passion.

En sentant sa langue chercher la sienne avec fièvre, Lisa

ne put retenir un gémissement et enfouit les mains dans les cheveux épais de Nikos pour l'amener plus près d'elle. Elle sentait ses seins devenir durs, presque douloureux, comme s'ils appelaient ses caresses.

Quand Nikos se pencha vers sa poitrine puis écarta le haut de son maillot et prit un téton dans sa bouche pour le sucer, elle cria tant la décharge de plaisir, irradiant jusqu'à son sexe, fut violente.

Elle se cambra et planta les ongles dans ses épaules musclées. Elle voulait qu'il la pénètre, maintenant. Oui, elle voulait le sentir en elle, complètement.

Il s'écarta, lui ôta son bas de maillot et se mit à caresser son clitoris, tout en continuant à aspirer ses tétons.

Mon Dieu, comme c'était bon… Jamais elle n'avait éprouvé ça, jamais… En fait, elle ne savait même pas qu'on pouvait ressentir ça avec un homme, que son corps serait dans cet état d'incandescence.

Il continuait à la caresser, comme s'il voulait trouver ce qu'elle préférait, et cette alternance de rythmes, de petits mouvements, la rendait folle. Mais elle voulait l'attendre, éprouver du plaisir en même temps que lui.

Elle ramena la main de Nikos sur sa poitrine.

Émerveillée par la beauté de son corps viril et puissant, Lisa voulait le caresser, elle aussi, toucher chaque parcelle de son corps, chaque muscle. Elle avait faim de lui… Elle posa les lèvres sur son cou, son torse, et descendit plus bas, sur son ventre aux abdominaux parfaitement dessinés.

— Lisa…

Elle posa la main sur sa bouche pour qu'il ne dise rien. S'il parlait, elle perdrait son audace, et elle ne voulait pour rien au monde laisser passer ce moment.

Elle glissa plus bas sur son ventre, jusqu'à saisir son sexe dur et dressé dans sa bouche. Elle se mit à le goûter avec les lèvres, la langue. Quand elle l'entendit gémir et le sentit se tendre, une onde de désir la traversa comme une langue de feu.

Il l'arrêta bientôt de ses deux bras et la fit remonter vers lui.

— Si tu continues comme ça, je ne vais pas pouvoir tenir. Et je veux te donner du plaisir… J'y ai tellement pensé…

Il se pencha pour l'embrasser, sa langue plongeant dans sa bouche.

— J'adore ta saveur, l'odeur de ta peau…

Soudain, il la fit basculer et s'allongea sur elle avant de la pénétrer d'un seul et puissant coup de reins.

Lisa cria de plaisir en le sentant entrer en elle, puis bouger en un redoutable va-et-vient. Nikos gémit en l'embrassant, accélérant peu à peu ses mouvements, et elle ondulait au même rythme contre lui.

— Tu vas me faire jouir, murmura-t-il à son oreille.

Ses paroles murmurées à son oreille soulevèrent Lisa, qui sentit la vague de l'orgasme monter en elle et la soulever, pendant que Nikos explosait en elle.

Ils restèrent longtemps étendus l'un contre l'autre, sans rien dire, repus et comblés, bercés par le léger roulis du bateau.

Elle finit par s'endormir dans ses bras.

10.

Il était parti sans lui dire au revoir.

Quoi d'étonnant à ça ? Après tout, qu'était-elle pour lui sinon une agréable occasion de se détendre ?

Pour lutter contre ses idées noires, Lisa fit ce qu'elle faisait toujours lorsqu'elle rencontrait des difficultés : elle se lança dans le travail à corps perdu. À peine prenait-elle le temps de déjeuner. Et, quand elle sentait les questions et les doutes la tourmenter, elle échangeait des messages avec son père ou sa sœur, prétendant toujours que tout allait bien pour ne pas les inquiéter.

Leur affection lui faisait du bien, mais engendrait aussi chez elle une intense nostalgie.

— Tu devrais faire une pause, lui lança Nina le samedi soir.

Cela faisait maintenant quatre jours que Nikos était parti.

— On l'a bien mérité, poursuivit sa collègue. Demain, Alexandros va faire du kayak, Susan et moi avons prévu de grimper au sommet du mont Kamenjak… De là, il paraît qu'on a une vue époustouflante sur le continent, le mont Velebit et son parc national.

Lisa s'apprêtait à refuser quand Nina leva la main pour l'arrêter.

— En réalité, c'est une proposition que tu n'as pas le droit de refuser. Tu travailles trop, et tu as besoin de te changer les idées.

Lisa sourit. Nina avait raison, et cette promenade lui ferait le plus grand bien.

— C'est d'accord. Merci.

Le lendemain matin, elle retrouva ses deux collègues dans le hall de l'hôtel. Tout comme elle, Nina et Susan avaient revêtu de confortables tenues de randonnée.

En voyant leur visage éclairé d'un sourire joyeux et bienveillant, elle se sentit soudain un peu plus sereine, et la tension dans ses épaules se relâcha. Depuis qu'elle travaillait à leurs côtés, elle avait appris à oublier sa méfiance à leur égard : ne travaillaient-elles pas pour les Tsarakis ? Au fil du temps, elle avait appris qu'elles étaient non seulement de très bonnes professionnelles mais aussi des collègues sympathiques et fiables.

Elle avait peu d'espoir que ce qui se passait entre Nikos et elle leur ait complètement échappé, mais jusqu'à présent elles n'avaient fait aucune allusion qui aurait pu la mettre mal à l'aise, pas plus qu'Alexandros, d'ailleurs, qui semblait à mille lieues de ce genre de considérations.

Elle prit une profonde inspiration.

Nikos était peut-être parti sans lui dire au revoir, mais elle disposait d'un peu de temps pour réfléchir, seule, à ce qui lui arrivait.

Peut-être qu'après ces quelques jours passés sans lui elle y verrait enfin plus clair.

Parties presque à l'aube, elles avaient marché pendant trois bonnes heures jusqu'au sommet du mont Kamenjak, à près de quatre cents mètres d'altitude. Sur des sentiers à travers la garrigue, elles avaient peu à peu surplombé Rab, au fur et à mesure de leur ascension.

À présent, elles étaient récompensées de leurs efforts.

Sous leurs yeux s'étalait la splendeur bleue et veloutée de l'Adriatique, dans laquelle se découpait la côte de l'île de Rab. Au loin, elles voyaient la beauté minérale du parc national de Sjeverni Velebit.

— Cela valait la peine, n'est-ce pas ? leur lança Nina en levant les bras au ciel avec enthousiasme. Permettez-moi de vous signaler, mesdames, que grâce à notre endurance nous admirons en ce moment le plus grand massif montagneux de Croatie ! Classé « réserve de biosphère » par l'Unesco, s'il vous plaît, ce qui doit te ravir, Lisa. Nous voyons son versant sauvage, mais de l'autre côté, tourné vers l'intérieur du pays, il y a de vastes forêts.

— Oui, c'est magnifique, déclara Lisa, émue par cette nature à la fois sauvage et majestueuse qui se révélait à elles. Tu te moques de moi, Nina, mais j'ai peur que tout ça soit bientôt saccagé…

Nina posa la main sur son épaule.

— Alors profitons-en tant qu'il est temps ! Et je ne me moque pas de toi, je t'assure.

Lisa eut un petit sourire.

— J'ai tellement envie d'agir pour améliorer les choses.

— Je sais bien. Ta volonté donne du fil à retordre, même au grand Nikos Tsarakis…

Étonnée, Lisa tourna la tête vers sa jeune collègue.

— Comment ça ?

— Tu es la seule à oser le contredire, dit Susan en riant. Et je dois dire que j'aime bien ça. Tu es jeune, tu débutes, tu as raison de croire en tes valeurs et de vouloir les défendre.

— Mais vous, vous n'avez pas envie de vous battre pour ce en quoi vous croyez ?

— Bien sûr que si, mais au bout de quelque temps on apprend aussi à composer, répondit Susan. Nikos a une vision affirmée de l'architecture, et il la met en œuvre avec audace et énergie. J'apprécie cela aussi. Ceci dit, il pourrait bien se convertir à l'écologie pour tes beaux yeux…

Lisa rougit. Mais le sourire de Susan était empreint de tant de gentillesse qu'elle se détendit.

— Je ne pense pas avoir ce pouvoir sur lui.

— Tu te sous-estimes.

C'était la deuxième personne à lui dire ça en peu de temps…

Susan enleva son sac à dos.

— En attendant, je vous propose de pique-niquer ici. Et j'ai apporté de quoi prendre l'apéritif !

Nina et Lisa l'applaudirent avec enthousiasme quand elle sortit trois verres et une bouteille de vin blanc frais de son sac à dos.

Lorsqu'elles se furent servies, toutes trois s'assirent face au continent et levèrent leur verre.

— À notre rencontre ! lança Susan.

Puis elles sirotèrent leur vin en contemplant la vue.

— Vous savez ce que vous allez faire après Rab ? demanda Lisa, rompant le silence.

Susan fit la moue.

— J'espère que Nikos va me proposer quelque chose dans le cadre de son nouveau projet en Cornouailles, mais je sais qu'il n'a pas encore terminé de sélectionner tous les membres de l'équipe.

— Ce sera tout de suite après les quelques mois que nous passerons à Zagreb, c'est ça ? demanda Lisa, en ressentant un pincement au cœur.

À ce moment-là, tout serait fini entre Nikos et elle, et il ne lui resterait que ses yeux pour pleurer.

— Oui, pas le temps de souffler ! s'exclama Susan en riant. Mais Nikos est comme ça ! Il faut juste inspirer largement et le suivre.

— Et toi, Nina ?

Celle-ci sourit rêveusement.

— J'aimerais prendre des vacances avec mon amoureux, faire un grand voyage avec lui en Amérique du Sud ou en Asie. Et puis je chercherai une autre mission. Je ne suis pas pressée…

— Je comprends. À force de travailler, on oublie parfois des choses essentielles.

— Et toi, que vas-tu faire ?

— Retourner chez moi, en Italie. Je ne veux pas être absente trop longtemps. Ma sœur jumelle est avec mon père en ce moment, mais… ils me manquent tous les deux.

Elle soupira en pensant à eux.

— Il y a quinze ans, mes parents ont créé des gîtes, mais je sais que mon père a de plus en plus de mal financièrement, même s'il ne nous en parle pas… Par attachement à la mémoire de ma mère, il a refusé de moderniser les installations, de diversifier son offre touristique… Je voudrais l'aider.

— Tu es une fille modèle, ça ne m'étonne pas, affirma Nina.

— C'est normal d'avoir le mal du pays, dit à son tour Susan en mordant dans son sandwich. Pour ma part, je commence à avoir envie de me poser davantage, même si je suis divorcée et que mes enfants sont grands maintenant.

— Où vivent-ils ?

— À Londres, où ils font leurs études… Mais je ne me vois pas vivre dans une grande ville. Je pense plutôt à m'installer à la campagne, près de la capitale.

Lisa resta songeuse pendant tout le reste du déjeuner. Et elle, que ferait-elle à son retour en Italie ? De plus en plus, elle se posait la question : l'inquiétude qu'elle ressentait pour son père n'était-elle pas le signe qu'elle devait infléchir ses projets ? Après tout, pourquoi ne pas tenter de mettre en pratique chez elle, dans sa maison, ses idées en matière d'architecture et de restauration des bâtiments ? Cela lui permettrait à la fois d'épauler efficacement son père et d'être libre dans son travail.

— Les filles, on redescend prendre un bain ? lança Susan quand elles eurent terminé leurs fruits secs et bu un café chaud. Nous aurons besoin de deux heures pour redescendre, je pense. Cela nous laissera le temps d'aller à la plage près de l'hôtel en rentrant.

— Programme parfait pour moi ! s'exclama Lisa.

Comme elle l'avait espéré, l'exercice lui avait fait un bien fou. Elle se sentait bien plus calme que les jours précédents, presque en paix.

Oui, elle avait cédé à son désir pour Nikos, un désir qu'elle avait encore du mal à comprendre et à analyser. Mais elle n'était plus une gamine : elle pouvait faire face aux conséquences de ses actes. Même si elle devait en souffrir.

Lisa sécha ses cheveux mouillés avec une serviette et enfila ses vêtements à la hâte. Susan et Nina, quant à elles, étaient déjà rentrées à l'hôtel, frigorifiées après leur bain, la laissant nager encore un peu.

Dans le crépuscule, elle se dirigea à son tour vers l'hôtel illuminé. En pensée, elle revit la maison familiale, dont les fenêtres brillantes les accueillaient lorsqu'elle revenait avec Maria, le vendredi soir, après leur semaine de cours à Florence. Cette impression que le refuge était là, chaleureux, aimant, combien elle avait été précieuse ! Elle savait que leur père allumait les lumières pour elles, pour que la maison soit la plus joyeuse possible, même sans leur mère.

Comme elle aurait aimé que Nikos soit là ce soir, à son tour, pour l'accueillir… Mais elle ne devait pas se faire d'illusions : même s'il rentrait, il n'aurait peut-être plus envie de passer du temps avec elle. Bien sûr, elle sentait qu'il avait apprécié les heures passées avec elle dans la crique près de Paradise Beach, qu'il avait aimé lui faire l'amour. Mais avec un homme comme lui, habitué à faire la conquête des plus belles femmes, à quoi pouvait-elle s'attendre de plus ?

Après avoir pris une douche chaude et s'être préparé une théière d'un earl grey délicieusement parfumé, Lisa tenta plusieurs fois d'appeler son père, sans succès.

Étrange, pensa-t-elle, en sentant l'inquiétude s'insinuer en elle. Son père était toujours à la maison le soir… Peut-être avait-il eu des choses imprévues à faire à l'écurie, ou avec des vacanciers ?

Elle essayerait de nouveau après le dîner, qu'elle avait promis de partager avec ses collègues. Il était temps de se laisser aller, surtout que Nikos n'était pas là pour la rendre nerveuse par sa seule présence.

Après avoir séché ses cheveux, elle enfila un jean et un vieux sweat gris qu'elle aimait particulièrement, des baskets, et descendit dans la salle du restaurant, où les autres étaient déjà attablés près des fenêtres donnant sur la mer.

— Ah, Lisa ! On t'attendait pour commander ! dit Alexandros.

— Qu'y a-t-il au menu ce soir ? demanda-t-elle en commençant à étudier ce dernier. Hum… Du poulpe grillé, j'adore ça. C'est parfait pour moi.

Un léger sourire aux lèvres, elle regarda ses collègues bavarder avec animation, avant de jeter un coup d'œil au port et au clocher de Rab.

Quoi que l'avenir lui réserve, elle se trouvait du côté de la vie. Était-ce parce qu'elle sentait son corps s'épanouir jour après le jour sous l'effet du désir ? Tout lui semblait plus beau, plus intense.

Elle songea à Nikos. À son torse musclé et viril. Ses doigts se crispèrent sur la nappe.

Faites qu'il revienne vite, supplia-t-elle intérieurement, avant de se maudire pour sa faiblesse.

Le lendemain matin, Lisa trouva Susan dans la salle de travail. Ses longs cheveux dorés coiffés en un sage chignon, l'architecte anglaise leva les yeux vers elle en l'entendant entrer, et lui sourit chaleureusement.

— Hello, Lisa ! J'ai fait du café mais je ne t'en propose pas, je vois que tu as ce qu'il te faut, dit-elle en désignant le mug de thé qu'elle tenait déjà à la main.

— Oui, c'est indispensable à cette heure de la journée.

Lisa s'installa à son bureau et alluma à son tour son ordinateur.

— Alors, tu as avancé sur cette histoire de toiture végétale ? demanda Susan avec intérêt.

— Oui. J'aimerais que tout soit prêt pour le retour de Nikos.

— C'est formidable, qu'il t'ait proposé de travailler là-dessus, tu sais.

Lisa s'agita sur sa chaise, un peu gênée. Elle était intimement convaincue que son idée était bonne, et que si Nikos l'avait validée c'était qu'il le pensait, lui aussi. Mais elle ne pouvait s'empêcher d'appréhender la réaction de ses collègues. S'ils avaient su qu'elle avait couché avec lui, auraient-ils considéré qu'elle avait bénéficié d'une sorte de passe-droit sans rapport avec ses compétences professionnelles ?

— Oui, je suis heureuse de l'avoir convaincu.

— À présent, tu dois moins regretter de ne pas travailler sous les ordres de Paoli.

Lisa haussa les épaules.

— La façon de travailler de Paoli demeure plus en

accord avec ma conception de l'architecture… Mais la toiture végétale, c'est une immense avancée ! ajouta-t-elle en souriant. Et j'espère qu'on pourra faire mieux encore.

Susan se mordit la lèvre, comme si elle cherchait ses mots. Ses yeux bleus étaient soudain empreints d'une gravité inhabituelle.

— Et tu dois être heureuse d'avoir rencontré Nikos pour des raisons… plus intimes.

— Comment ça ? demanda Lisa, aussitôt sur la défensive.

— Je ne veux pas me mêler de ce qui ne me regarde pas, mais tu sais que Nikos est un séducteur invétéré. Il suffit de taper son nom sur Internet pour voir qu'avec lui les petites amies défilent à la vitesse de la lumière. Je voudrais juste que tu fasses attention à toi.

— C'est gentil, mais je ne crois pas que tu aies besoin de t'inquiéter pour moi.

— Si tu le dis… Mais n'oublie pas que Nikos n'est pas intéressé par les relations sérieuses. Alors, avec lui, il vaut mieux ne pas trop t'impliquer, précisa Susan avant de se remettre à travailler.

Pendant de longues minutes, Lisa fut incapable de se concentrer et resta sans faire quoi que ce soit devant son écran.

Ainsi, voilà ce que ses collègues pensaient : qu'elle était tombée dans les bras de Nikos comme une oie blanche, et qu'il la laisserait tomber dès qu'il serait intéressé par une autre.

Cette idée, comme elle aurait voulu la refouler très loin de son esprit !

Elle avait tellement envie de lui, tellement envie de sentir de nouveau ses mains sur son corps, sa bouche sur la sienne… Est-ce que cela ne valait pas la peine de prendre des risques ? Et, même s'il la rejetait dans très peu de temps, elle pourrait chérir ses souvenirs toute sa vie, des souvenirs qui rendraient sa vie plus riche et plus intense…

Rien que du fait qu'elle ait pensé au corps puissant et musclé de Nikos, ses tétons s'étaient dressés sous son T-shirt, et elle croisa les bras sur sa poitrine.

Elle attacha ses cheveux en queue-de-cheval et prit sa souris pour modifier un dessin. Si elle voulait avoir fini pour le retour de Nikos, elle ne devait pas perdre de temps.

Quoi qu'il arrive, il lui était impossible de rater cette opportunité de faire évoluer le projet.

Lisa entra dans la salle de travail, dont la porte était déjà ouverte.

Nikos était parti depuis six jours.

À l'idée qu'il avait peut-être décidé de ne pas revenir à Rab, elle ressentait une angoisse et un chagrin violents. En même temps, s'il ne revenait pas, son problème serait réglé… Mais le sentiment de perte qu'elle ressentait alors l'emplissait de désespoir.

Avec un soupir, elle s'avança vers le bureau d'Alexandros. Il était temps de lui montrer son travail. Si son avis était positif, elle pourrait être rassurée sur celui de Nikos.

— Alexandros ? Je peux te montrer mes plans ?

Son collègue se tourna vers elle. Pourquoi avait-il l'air embarrassé ? C'était d'autant plus surprenant qu'elle ne l'avait jamais vu ainsi.

— Nikos ne t'a pas parlé ? demanda-t-il.

Elle sentit son cœur bondir dans sa poitrine.

— À quel sujet ?

— C'est bien ce que je pensais, il ne t'a pas prévenue… Pas très étonnant, Nikos n'est pas le genre de patron à se tracasser pour la sensibilité des gens qui travaillent avec lui.

— Je… Je ne comprends pas.

— Il a finalement renoncé à la toiture végétale pour la résidence. Il a eu des doutes sur son utilité.

— Mais… Comment es-tu au courant ?

— Il m'a envoyé un mail hier soir. Et j'ai remarqué que tu n'étais pas en copie.

Lisa serra les mains sur son cahier. Tout plutôt que d'avouer qu'elle se sentait humiliée et trahie.

— Ce n'est pas grave, déclara-t-elle d'un ton neutre. Je savais que cela pouvait arriver. À vrai dire, je ne me faisais pas trop d'illusions.

— C'est plus sage, avec Nikos, c'est sûr.

— Bon, je te laisse, du coup. Je vais vite prendre mon bain de mer quotidien avant que la paresse ne prenne le dessus, lança-t-elle, en se forçant à sourire, alors qu'elle avait l'impression que le ciel lui était tombé sur la tête.

Comment Nikos pouvait-il se montrer aussi cavalier, aussi peu prévenant avec elle ? Il lui avait fait croire qu'il s'intéressait à son travail, mais en réalité il n'en avait rien à faire. Comment avait-elle pu lui faire confiance, même un seul instant ?

Le pire, c'était qu'il n'avait même pas pris la peine de la prévenir.

Agirait-il de même lorsqu'il se serait lassé d'elle ?

Une fois sur la plage, Lisa se mit à la hâte en maillot et, les yeux pleins de larmes, courut vers la mer et s'y jeta sans réfléchir. C'était le seul moyen d'étourdir la colère, la peine et l'humiliation qu'elle ressentait.

11.

Tsiros.

Son île.

L'endroit où il se ressourçait d'ordinaire et qui était nécessaire à son équilibre. Où il parvenait à vivre à un rythme moins effréné.

Mais, aujourd'hui, même Tsiros ne pouvait l'apaiser, comme si son cerveau avait été pris en otage par Lisa, et qu'elle refusait de le libérer.

Il aurait voulu qu'elle soit avec lui pour lui faire découvrir son île. Or il ne lui était jamais arrivé d'éprouver cette envie, bien au contraire.

Il réprima un soupir et se tourna vers son neveu, qu'il avait emmené pêcher. Deux autres choses le perturbaient : le silence de Theo et la rencontre avec son neveu, Tom.

Devant le regard à la fois rieur et profond du petit garçon, Nikos se sentait parfois pris d'un léger sentiment de vertige. Depuis qu'il avait fait sa connaissance, son échelle de valeurs semblait se modifier à chaque heure et de manière irrémédiable. Tom donnait à tous ses objectifs et centres d'intérêt habituels un ordonnancement différent.

C'était pareil avec Lisa.

Résultat, aujourd'hui, il avait conscience que quelque chose lui manquait, dont il n'avait pas soupçonné l'existence jusqu'à ce jour et sur lequel il ne parvenait pas à mettre un nom.

Il revit le regard émeraude, pur et intense de Lisa, empli d'une profondeur et d'une honnêteté qu'il n'avait jamais connues chez une autre femme, et à vrai dire jamais recherchées. Pourquoi son regard lui semblait-il avoir une certaine similitude avec celui de son neveu ?

Celui-ci s'était rapproché sans bruit, pendant qu'il rangeait le matériel de pêche dans la caisse du bateau.

— Oncle Nikos ?

— Oui ?

— Maman m'a dit que tu partais, c'est vrai ?

— Oui, je dois retourner en Croatie, j'ai encore beaucoup de travail là-bas.

— Tu vas travailler ?

— Pas seulement…

— Ah bon, c'est pour autre chose, alors ?

Nikos détourna le regard vers le soleil, qui commençait à descendre.

— C'est possible…, répondit-il d'un ton rêveur.

— Mais tu reviendras nous voir bientôt ?

Nikos se tourna de nouveau vers son neveu en lui souriant.

— Bien sûr ! Maintenant que nous avons fait connaissance, toi et moi, il n'est plus question de laisser passer trop de temps sans se voir, non ?

Le petit garçon hocha la tête avec enthousiasme.

— Je suis d'accord. Tu sais, tu ressembles à papa… mais en pas pareil.

Nikos éclata de rire.

— Comment ça ?

Il réfléchit sérieusement avant de répondre :

— Il est fort, comme toi, mais il est plus sérieux. C'est pour ça qu'il plaît à maman. Toi, tu es moins sérieux.

— Ah, tu crois ça ?

— Oui. Et toi, est-ce que tu as une femme qui aime que tu sois moins sérieux ?

Nikos sourit malicieusement.

— Cela arrive de temps en temps.

— Papa dit que tu as des amoureuses, des différentes tout le temps.

Nikos fit mine d'être scandalisé.

— Il a dit ça ? Décidément, on ne peut pas lui faire confiance, répondit-il avec un clin d'œil.

— Oui, mais un jour tu vas en choisir une, d'amoureuse ? Pour avoir des enfants, il faudra… J'aimerais bien avoir des cousins.

— Ah, s'il s'agit de te faire des cousins, dit Nikos en ébouriffant les cheveux du petit garçon, je vais y réfléchir très sérieusement. Allez, dépêchons-nous de rentrer, tout le monde nous attend pour le dîner. Je crois que ta grand-mère a préparé une moussaka, sa grande spécialité.

Il sauta sur le quai et attacha le bateau. Puis il tendit la main à Tom, qui sauta près de lui.

— Une moussaka, waouh ! J'ai faim !

En le regardant courir devant lui, Nikos sentit son cœur s'emplir de nostalgie.

Lui aussi avait couru avec ses frères jusqu'à la villa, après les parties de pêche où les avait emmenés leur père. Ils étaient libres, ivres de mer et de grand large, heureux.

Unis tous les trois.

Il devait retrouver Theo et s'assurer qu'il allait bien.

Aux commandes de son jet, Nikos laissait ses pensées dériver vers l'île de Rab, vers laquelle il se dirigeait et où l'attendait Lisa. Mais l'attendait-elle vraiment, elle qui voyait en lui un homme d'affaires sans scrupules uniquement intéressé par l'argent et ses intérêts ?

Ce qui, jusqu'à un passé récent, était un portrait assez ressemblant…

Une chose était sûre, il devait comprendre ce que

cette fille avait de particulier pour l'empêcher de penser et d'agir comme il en avait l'habitude, c'est-à-dire sans s'embarrasser des autres. Pourquoi son avis avait-il pris autant d'importance à ses yeux ? Au point de l'avoir fait hésiter à plusieurs reprises à reprendre certains points du projet, jusqu'à lui donner carte blanche pour cette toiture végétale ?

Avant de la connaître, il n'avait jamais ressenti l'envie de s'intéresser à une autre façon de concevoir l'architecture, faisant toujours confiance à la technique et aux innovations pour résoudre les problèmes, y compris écologiques. Grâce à Lisa, ou à cause d'elle, il voyait certaines choses sous un angle nouveau, ce qui était à la fois enthousiasmant et légèrement déstabilisant.

Pourtant, il continuait de refuser qu'elle ait une telle emprise sur lui, et c'est pour cela qu'il avait informé Alexandros qu'il abandonnait la végétalisation de la toiture. Même si, au fond, il savait que Lisa avait du talent, et des tas d'idées intéressantes.

En fait, il n'avait qu'une envie : lui faire de nouveau l'amour passionnément.

Peut-être pourrait-il lui proposer de venir en Cornouailles ? Ainsi, il pourrait l'avoir à ses côtés pendant de nombreuses semaines encore.

Lisa se trouvait avec les autres dans la salle de travail quand Nikos arriva. Enfin, il était là… Ce fut sa première pensée, accompagnée d'un intense sentiment de joie qui la fit presque chanceler. Mais, dans le même temps, une colère brûlante s'empara d'elle.

Non seulement il revenait plus tard que prévu, sans l'avertir, mais il l'avait humiliée en faisant une croix sur la mission qu'il lui avait confiée avant de partir et à laquelle, comme une idiote, elle avait cru.

Mais sa colère s'éclipsa un instant tandis qu'elle l'observait. Elle notait quelque chose dans son regard… Une nuance inhabituelle.

Que s'était-il passé sur l'île de Tsiros ?

Et savait-il désormais à quoi s'en tenir au sujet de la femme qui prétendait avoir eu un enfant avec son frère ?

Curieusement, il semblait moins tendu qu'avant son départ…

Il salua l'ensemble de l'équipe, sans manifester rien de particulier à son égard, comme si elle était une simple employée parmi les autres. Une employée dont on ne se donnait même pas la peine de ménager la susceptibilité. Comme si rien, absolument rien, ne s'était passé entre eux.

Lisa serra les poings. Tout plutôt que de laisser ses sentiments faire d'elle une victime. Car jamais cet homme n'y répondrait comme elle le souhaitait. Elle préférait largement être en colère contre lui plutôt que lui montrer à quel point elle était blessée.

Après deux heures de discussions pendant lesquelles ils firent le point sur l'avancée des travaux, Nikos mit enfin un terme à la réunion.

— Merci à tous, vous avez fait du bon boulot. Nous aurons bientôt terminé la phase initiale de la conception, ici, à Rab. Préparez-vous ensuite à un travail intense en agence à Zagreb, avec une équipe d'architectes élargie.

— Lisa, tu as cinq minutes ? demanda Nikos tandis que les autres sortaient en bavardant, s'apprêtant à aller déjeuner.

— Oui, répondit Lisa d'une voix qu'elle espérait assurée, alors que ses mains tremblaient.

Ils étaient seuls dans la salle, à présent.

Il s'était assis au bord d'un bureau, les bras croisés sur son torse musclé. Il était plus beau que jamais, avec sa chemise ouverte au col et son jean noirs. Ses cheveux étaient en bataille, une barbe de trois jours dévorait sa mâchoire ciselée. Sous son regard intense, Lisa, en dépit de sa rage, sentit une vague de chaleur familière l'envahir.

Le jasmin du jardin embaumait l'air qui circulait par les portes-fenêtres ouvertes.

Elle s'approcha de lui, tout en laissant entre eux une distance raisonnable. Mieux valait ne pas tenter le diable…

— Alexandros t'a dit pour la toiture ? commença-t-il.

Elle croisa les bras sur sa poitrine.

— Oh ! tu juges utile de m'en parler ? dit-elle d'une voix sourde.

Comme il ne répondait pas, elle enchaîna :

— Comment as-tu pu me mentir ainsi ? Tu as fait semblant de t'intéresser à mes idées, mais en réalité tu t'es moqué de moi. Et le pire, ajouta-t-elle en essayant de garder le contrôle de sa respiration, c'est que je l'ai appris par Alexandros.

Nikos leva les bras en signe d'apaisement.

— Tu te trompes, Lisa.

— Ah oui ? Alors pourquoi avoir finalement balayé l'idée de la toiture végétale ?

— Je voulais t'en parler mais je n'ai pas eu le temps avant mon départ pour Tsiros. J'ai envoyé un mail à Alexandros, mais je voulais t'expliquer de vive voix… Après réflexion, j'ai considéré que ce serait une perte de temps.

— Voilà ce que tu penses de mes idées ! Une perte de temps !

— Je te l'ai déjà dit : tu te sous-estimes. Je t'écoute, j'ai étudié les plans que tu avais réalisés pour Paoli, et je les trouve très intéressants. Simplement, je ne pense pas que ce projet en Croatie soit la meilleure occasion de développer tes idées. Tu es une architecte d'avenir, Lisa, et je suis fier de t'avoir donné ta chance.

Lisa perçut de nouveau cette nuance dans ses yeux noirs. Mais que signifiait-elle ?

— D'ailleurs, que dirais-tu de venir avec moi en Cornouailles ?

Elle écarquilla les yeux. Avait-elle bien entendu ?

— Tu me proposes de travailler en Angleterre ?

— Oui, tu as bien entendu.

— Pourquoi me faire cette proposition *maintenant* ? demanda-t-elle d'un ton suspicieux.

Nikos prit une profonde inspiration. Au fond de lui, il ressentait une pointe de culpabilité. Lisa n'avait-elle pas raison en exprimant des doutes sur sa sincérité ? S'il lui faisait cette offre, n'était-ce pas pour assouvir le désir qu'il avait d'elle, ce désir fou qui l'empêchait de raisonner et d'agir librement, comme il en avait l'habitude ?

— Pourquoi ? rétorqua-t-il pourtant. Parce que j'ai pu évaluer tes compétences depuis que nous sommes ici.

— Ah oui ? répliqua-t-elle d'un air de défi. N'est-ce pas plutôt pour avoir une maîtresse sous la main ?

— Crois-moi, je n'ai pas besoin d'embaucher une femme pour ça.

Lisa releva le menton en signe de défi. Évidemment, quelle idiote ! Comme s'il avait besoin d'elle pour avoir de la compagnie féminine…

— C'est vrai que tu peux rappeler Sybil à tout moment.

— Sybil ? Vraiment, tu te trompes complètement. J'apprécie son professionnalisme, mais ça s'arrête là.

— Pourtant, elle ne demanderait pas mieux que de te voir apprécier d'autres choses chez elle.

Était-elle vraiment en train de lui faire une scène de jalousie ? songea-t-elle, au désespoir, mais sans pouvoir arrêter ses paroles.

— Lisa, répliqua-t-il avec calme, tu peux accepter cette proposition si elle t'intéresse. Oui, tu me plais, et plus que ça, j'ai envie de toi, mais cela n'a rien à voir avec tes compétences professionnelles, que je suis capable d'apprécier en faisant abstraction de mon attirance pour toi.

Il avait l'air si convaincant…

— Je… Je vais y réfléchir, finit-elle par dire.

Il acquiesça et lui sourit, avant de s'approcher d'elle jusqu'à pouvoir la toucher.

— Prends ton temps, murmura-t-il en se penchant pour déposer un baiser sur ses lèvres. C'est mieux de se dire bonjour comme ça, non ?

— Oui, murmura-t-elle en fermant un instant les yeux.

— Au fait, j'ai fait porter un paquet dans ta chambre.

— Pour moi ? demanda-t-elle, stupéfaite.

— Je vois que tu n'as pas perdu l'habitude de t'assurer que je ne te raconte pas de bobards… Oui, c'est *pour toi*. Je pense que cela te plaira. C'est pour le dîner de ce soir.

— Le dîner de ce soir ? Mais…

Il s'écarta en souriant.

— Je t'invite à dîner. À ce soir, Lisa. Je t'attendrai à la réception à 20 heures.

Il sortit, sans lui laisser le temps de rétorquer.

Lisa serra les poings de rage.

Il y avait peut-être quelque chose de différent dans son regard, mais son audace et son arrogance, elles, n'avaient pas changé ! Quel homme insensible et autoritaire !

Hélas, pensa-t-elle avec découragement, le souvenir de leurs étreintes brûlantes et passionnées ne la quittait pas, la mettant en feu dès que les images traversaient son esprit. Cet homme l'avait séduite, conquise, hypnotisée… Elle qui avait toujours pensé être une femme rationnelle s'était transformée en adolescente en perpétuel émoi.

Quand elle pénétra dans sa chambre baignée de lumière, Lisa vit tout de suite le paquet sur son lit, entouré d'un ruban de satin bleu, et le nom de la marque de luxe imprimée dessus.

Elle fronça les sourcils.

Était-ce bien le paquet dont avait parlé Nikos ? Forcément… Mais qu'est-ce que c'était ?

Intriguée, elle ouvrit la boîte et ôta le papier de soie.

Une robe en lamé argenté s'y trouvait. Une robe de rêve que Lisa n'aurait jamais imaginé porter un jour. Il y avait aussi des escarpins noirs, une pochette et une ravissante barrette en diamants à accrocher dans ses cheveux.

C'était de la folie. Comment accepter un tel présent ?

D'une main tremblante, elle prit le mot qui se trouvait aussi dans la boîte.

Tu vas trouver que c'est trop mais c'est faux. Aucune robe n'est assez belle pour toi. Accepte, et porte-la ce soir pour rendre fous tous les habitants et les touristes de Rab. Et moi, par la même occasion.

Les larmes aux yeux, Lisa serra la carte contre son cœur.

La mise en garde de Susan résonna dans son esprit, mais elle la repoussa. Quelques minutes plus tôt, elle était si furieuse contre Nikos, et voilà que toute cette colère s'était évaporée…

Ce soir, elle voulait profiter de la vie, et de Nikos.

Tant pis si elle se trompait.

12.

Il l'attendait devant l'hôtel, nonchalamment appuyé contre la portière d'un coupé décapotable.

— Tu es sublime, dit-il en la voyant. Je savais que cette robe était faite pour toi. Monte, je t'emmène dans un restaurant typiquement croate, près de la baie de Čifnata.

Après un quart d'heure de trajet, ils arrivèrent devant un charmant restaurant avec terrasse donnant sur la plage. La mer miroitait dans la lumière rougeoyante et dorée du soleil couchant ; une brise marine soufflait doucement.

— Apportez-nous du champagne, s'il vous plaît, demanda-t-il au garçon qui les avait installés à une table un peu à l'écart des autres.

Il se tourna vers elle.

— Tu ne m'as pas dit comment s'était passée ta semaine ? Est-ce que tu t'es baignée ?

— Oui… Même si l'eau commence à être fraîche. J'ai aussi fait une randonnée avec Nina et Susan, dans le Kamenjak.

— Tu as aimé ?

— Beaucoup !

Il acquiesça.

— Tout est si beau sur cette île… Presque autant qu'à Tsiros, ajouta-t-il avec un petit sourire.

Lisa l'observa un instant sans rien dire. Même le timbre de sa voix avait changé, comme si un peu de nostalgie s'y était glissée durant son absence. Nikos Tsarakis, capable d'éprouver de la nostalgie ? Voilà qui était difficile à accepter...

— Et comment s'est passé ton séjour à Tsiros, justement ?

— De façon étonnante, très bien.

— Tu veux dire que tu as pu sauver ton frère de cette abominable femme qui essayait de mettre le grappin sur lui ? demanda-t-elle avec un sourire moqueur.

— En réalité, les choses ne se sont pas passées comme je l'avais anticipé.

— Ah, ah... Le courroux du grand Nikos Tsarakis était injustifié, en fin de compte ?

— Eh bien... Je dois avouer – et c'est exceptionnel, précisa-t-il avec un petit sourire - que je m'étais trompé.

— Elle n'est pas aussi affreuse que tu le pensais ? Et ton frère n'est pas vraiment en danger ? Cela a dû te déstabiliser beaucoup...

— Tu te moques de moi, et tu as raison. Quand j'ai vu Tom, le petit garçon de Jo - c'est le prénom de cette femme –, j'ai tout de suite su qu'il était le fils de Sacha. Ils se ressemblent, si tu savais... Quand on les voit côte à côte, on ne peut pas en douter : le même nez, le même regard... Et puis il a fait ma conquête en deux secondes.

Lisa sourit avec tendresse.

— Cela ne te ressemble pas, c'est vrai.

— Non, pas du tout. Mais j'ai l'impression déconcertante que beaucoup de choses qui se passent en ce moment ne me ressemblent pas.

— Que veux-tu dire ?

— Rien. Voilà notre champagne. Pour le dîner, j'ai commandé plusieurs spécialités.

Ils furent bientôt servis, et Lisa dégusta les mets délicieux posés sur la table, notamment des *štrukli*, de savoureux feuilletés au fromage, et du *brudet*, du poisson cuit dans du vin blanc, accompagné d'une polenta mousseuse et légère.

Tandis qu'ils savouraient leurs plats, ils bavardaient, ils riaient, et Lisa sentait l'intimité s'accroître entre eux. Elle se sentait merveilleusement détendue, et le vin seul n'était pas la cause de ce bien-être. Sa conscience lui murmurait que c'était dangereux, mais elle ne pouvait s'empêcher de se laisser aller.

— Tu es parti plus longtemps que prévu, fit-elle enfin remarquer.

— Oui. J'avais une chose importante à faire.

Elle eut une petite moue, mais ne dit rien.

— Tu voudrais savoir quoi ? demanda Nikos.

Elle éclata de rire.

— Oh ! tu sais, je ne suis pas du tout curieuse…

Il rit à son tour, avant de recouvrer son sérieux.

— Je devais faire quelques recherches avec Sacha au sujet de notre frère, Theo. Depuis deux mois, il ne nous donne plus de nouvelles, on ne sait même pas où il est… Nous avons décidé de prendre les choses en main.

— Tu sais maintenant pourquoi il a pris le large ?

Nikos secoua la tête.

— Non, aucune idée. Mais en revanche nous avons retrouvé sa trace.

— Ah oui ? Et où est-il ?

— Pas aussi loin que je le redoutais. Il est à New York.

— Tu as pu lui parler ?

— Non, il n'a pas voulu. Il nous a juste envoyé un message pour nous rassurer et nous demander de ne pas aller plus loin dans nos recherches. Il promet qu'il nous expliquera tout bientôt.

— Oh… Et que vas-tu faire, alors ?

— Ce qu'il demande. Mais j'avoue être impatient de savoir ce qu'il va nous raconter. J'ai au moins pu rassurer ma mère, qui était très inquiète. Elle est très nerveuse depuis quelque temps.

Pendant qu'ils parlaient, Lisa ne pouvait quitter des yeux son visage aux traits virils. Qu'il était beau, comme elle avait envie de caresser ses joues ombrées d'une barbe de trois jours…

Il se pencha vers elle.

— C'était très bon, mais je meurs d'envie de rentrer à l'hôtel, murmura-t-il d'une voix rauque qui la fit frissonner.

Les joues en feu, elle acquiesça en silence.

Nikos fit signe au garçon et régla l'addition, avant de se lever.

— Viens… Rentrons très vite, sinon, je vais devoir te faire l'amour sur la banquette arrière de la voiture.

Lisa avait l'impression que son corps était en feu.

— Ce ne serait pas très confortable… Mais je suis pour aussi.

Quand ils furent installés dans le coupé, Nikos fit vrombir le moteur et démarra en trombe, avalant l'asphalte sans un mot, le regard concentré sur la route. Devant l'hôtel, il confia rapidement les clés au portier, et entraîna Lisa vers l'ascenseur.

Là, dans la cabine qui amortissait tous les bruits extérieurs, il se pencha vers elle, les yeux rivés aux siens, et prit sa bouche dans un baiser passionné, tout en posant les mains sur ses fesses.

— Cela fait des jours que j'attends ça…, chuchota-t-il à son oreille, déclenchant une myriade de petits frissons sur sa peau.

Elle frémissait sous ses étreintes impatientes. Et elle en voulait plus, beaucoup plus…

Les portes de l'ascenseur coulissèrent sans bruit.

À la hâte, sans lâcher sa taille, Nikos ouvrit la porte de

sa chambre et recommença à l'embrasser dès qu'il l'eut refermée d'un coup de pied.

— Ta peau est si douce…

Ces mots murmurés à son oreille l'enivraient, comme ses caresses.

Perdue, elle était perdue…

Mais elle y penserait plus tard.

Il descendit la fermeture Éclair de sa robe en lamé et fit glisser celle-ci au sol, dans un doux bruissement sensuel. Puis il dégrafa son soutien-gorge et prit ses seins en coupe dans ses mains, lui arrachant un gémissement.

À présent, elle ne portait plus qu'une culotte de dentelle noire et, sous son regard brûlant, elle sentait l'excitation monter en elle.

— Que tu es belle…

Lisa ferma les yeux, se délectant de ses mains qui parcouraient sa peau. L'odeur de son after-shave, poivrée et citronnée, la faisait défaillir. Être quasiment nue devant lui alors qu'il était encore habillé était tellement érotique… Son sexe était si humide qu'il aurait pu la pénétrer en un instant.

Il la fit basculer sur le lit, fit glisser sa culotte et lui écarta les jambes. Il embrassa son ventre, descendant peu à peu. Enfin, il embrassa son clitoris et le lécha.

Lisa gémit longuement, sentant une puissante vague de plaisir monter en elle.

— Tu me rends fou…, dit-il d'une voix rauque.

Enfin, il se débarrassa de ses vêtements à la hâte. Comme elle voulait le sentir nu contre elle… Il mit la main entre ses cuisses et glissa un doigt en elle, tandis qu'il caressait de nouveau son clitoris du pouce.

De son autre main, il pinçait et titillait ses tétons, décuplant ses sensations.

— Nikos…, gémit-elle. Arrête…

— Pourquoi ?

— Je veux que tu viennes en moi…

— D'abord, je veux te faire jouir. Je veux te regarder.

La vague montait. C'était si bon qu'elle aurait voulu rester à son sommet, indéfiniment. Le plaisir fut si fulgurant, si intense, qu'elle ne chercha même pas à retenir son cri.

Il se pencha pour l'embrasser fiévreusement, et Lisa se serra contre lui, posant les deux mains sur sa nuque pour l'attirer plus près encore. Ce qu'elle venait de vivre, jamais elle ne l'oublierait…

Il la fit pivoter et se plaqua contre son dos. Derrière elle, elle sentait son torse puissant, son ventre aux abdominaux bien dessinés, ses cuisses musclées contre les siennes… Puis il posa les mains sur ses hanches et la pénétra doucement. Sentir son sexe en elle après l'orgasme était merveilleux… Il allait et venait en elle, de plus en plus vite, de plus en plus fort. De nouveau, il passa la main entre ses cuisses et caressa son clitoris en de petits mouvements circulaires, et Lisa sentit peu à peu renaître l'onde de plaisir.

Il explosa en elle au moment où un deuxième orgasme la soulevait.

— Nous pourrions retourner tous les deux quelques jours à Tsiros, lui dit-il.

La lumière du matin entrait à flots dans la chambre aux draps défaits.

Alanguie sur le lit, la tête reposant au creux de l'épaule de Nikos, Lisa sentait son corps tout entier se livrer béatement au plus profond bien-être. Faire l'amour avec lui avait de nouveau été merveilleux…

Elle eut l'impression que sa peau se mettait à crépiter d'excitation tant les paroles de Nikos lui faisaient de l'effet.

Il voulait l'emmener sur son île ? C'était presque… Non, c'était *totalement* romantique.

— J'aimerais t'emmener là-bas avant Zagreb.

— Vraiment ?

— Oui, vraiment, répondit-il en souriant. D'abord parce que j'ai envie de toi, tout le temps. Je veux te faire l'amour toute la journée, toute la nuit, dans tous les endroits possibles et imaginables. Et puis, tout simplement, j'aimerais que tu découvres cet endroit.

— Mais… Qu'en penseraient Alexandros, Susan et Nina ?

— Je ne suis pas sûr que cela les regarde.

Elle soupira.

— C'est vrai, mais… je redoute les ragots et leurs conséquences.

Nikos prit son visage entre ses mains, et elle se sentit bouleversée tant son geste lui parut tendre, presque… amoureux.

— Lisa, j'ai envie de t'emmener à Tsiros, de te voir nager nue dans la mer…

Il sourit.

— Rien que d'y penser, j'ai une érection.

Elle éclata de rire en rougissant.

— Nikos…

Il se redressa en riant lui aussi.

— Si je ne quitte pas ce lit dans l'instant, je ne pourrai pas assister à la réunion visio qui m'attend dans dix minutes ! Ni aux suivantes, d'ailleurs…

Parfaitement à l'aise nu, il se leva et se dirigea vers la salle de bains pour prendre une douche. Elle admira son corps parfait, ses fesses et ses cuisses musclées, son ventre plat, ses pectoraux dessinés.

Le cœur serré, elle se dit qu'elle n'avait aucune envie que ces moments merveilleux s'achèvent, mais c'était sans doute la règle du jeu avec un homme d'affaires aussi occupé que lui…

Heureusement, elle avait la perspective nouvelle de passer du temps avec lui en Grèce, dans un contexte non professionnel. Dire qu'il voulait l'emmener chez lui, à Tsiros…

Soudain, la joie qu'elle éprouvait l'effraya.

Elle s'était persuadée qu'elle ne voulait connaître que le plaisir physique avec Nikos, que son désir pour lui était trop fort pour qu'elle laisse filer cette occasion… Mais ne s'était-elle pas aveuglée ? N'éprouvait-elle pas des sentiments plus profonds qu'elle ne le pensait pour ce séducteur incorrigible, qui ne voyait en les femmes qu'un agréable divertissement ?

Si c'était le cas, elle avait beaucoup de souci à se faire.

Et, dans ces conditions, que devait-elle faire de sa proposition de l'accompagner à Tsiros ? De travailler avec lui en Cornouailles ? Si elle acceptait, n'était-ce pas pour pouvoir passer encore un peu de temps avec lui, faisant du même coup une croix sur ses priorités à elle ?

Comment avait-elle pu devenir cette femme qui s'abandonnait ainsi au plaisir en oubliant tout ? Elle qui avait toujours été si raisonnable…

Son cœur, battant à toute allure, lui soufflait la réponse. Elle était devenue cette femme-là parce qu'elle était tombée amoureuse.

Assise dans le fauteuil de sa chambre, Lisa regardait les photos qu'elle avait prises depuis son arrivée à Rab lorsque son téléphone vibra.

C'était un message de Maria.

Désolée d'être brutale mais le domaine est en faillite, papa nous l'a caché. Tu peux revenir quand ?

Les muscles tendus, elle se redressa d'un coup et sentit un grand froid l'envahir. La faillite… Malgré elle, tout ce qui pouvait s'attacher de honteux à ce mot la frappait de plein fouet. Le domaine, en faillite ? Comment une chose aussi monstrueuse était-elle seulement concevable ? Une telle catastrophe n'avait pas de place dans leur univers…

Sa main, qui tenait toujours le téléphone, tremblait. Elle arrivait à peine à taper sa réponse.

Tu es sûre ?

La réponse de sa sœur fusa. Elle tenait en un mot.

Oui.

Lisa déglutit avec difficulté. Sans rien voir, elle fixait le paysage par la fenêtre, celui qu'elle contemplait chaque jour depuis un mois. La culpabilité l'envahissait. Depuis son arrivée à Rab, elle n'avait pensé qu'au travail et à Nikos. Et, pendant ce temps-là, son père avait été aux prises avec de telles difficultés financières qu'il ne pouvait plus faire face…

Et elle, que faisait-elle pendant ce temps-là ? Elle vivait une aventure sans lendemain avec un homme qui ne l'aimerait jamais. Que de temps perdu alors que les siens, ceux qui l'aimaient, avaient besoin d'elle !

Elle devait partir les retrouver sans perdre un instant. Sur place, elle saurait mieux ce qu'elle devait faire. Si elle restait ici, loin d'eux, elle allait devenir folle.

À la hâte, elle se mit à rassembler ses affaires et à les fourrer dans sa valise. Si elle se dépêchait, elle pouvait prendre le ferry en début d'après-midi et faire le trajet de Jablanac à Split en taxi.

Elle ouvrit fiévreusement son ordinateur et se mit à la recherche d'un vol pour Bologne. S'il n'y en avait pas dans la soirée, elle en prendrait un le lendemain matin.

Et, pour la nuit, elle pourrait peut-être être accueillie chez l'adorable vieille dame qu'elle avait rencontrée à l'aller ?

Dire qu'elle avait pensé, sur le moment, qu'elle n'aurait jamais la possibilité de la revoir…

Décidément, elle s'était trompée sur à peu près tout depuis son départ d'Italie.

Quand il vit Lisa entrer dans la salle de réunion, vide à cette heure du déjeuner, Nikos devina tout de suite que quelque chose n'allait pas.

La jeune femme était pâle, et son visage, sur lequel était toujours prêt à éclore un sourire, était inhabituellement sérieux.

— Que se passe-t-il ? demanda-t-il aussitôt.

Elle secoua la tête, faisant danser ses épais cheveux auburn sur ses épaules nues – elle portait un débardeur vert à bretelles et un short en jean, ainsi que des baskets.

— Ma sœur m'a envoyé un message et… je crois que les affaires du domaine vont plus mal que je ne le croyais.

Il s'approcha et la prit dans ses bras en voyant qu'elle avait les larmes aux yeux.

— Comment ça, plus mal ?

— Maria… Ma sœur, elle a parlé de faillite. Si mon père perd tout ce qu'il a, je ne peux pas imaginer ce qu'il…

— Elle t'a donné des détails ?

— Non…

— Alors attends d'en savoir plus.

Elle leva vers lui ses beaux yeux verts, et Nikos se surprit à se perdre dans leur eau limpide sans pouvoir s'en détacher.

— Je dois y aller, déclara-t-elle.

Il s'écarta légèrement.

— Tu veux retourner en Italie ?

— Oui.

Pourquoi cette nouvelle le contrariait-elle à ce point ?

— Combien de temps ?

— Je ne sais pas encore, répondit Lisa d'une voix ferme. Je vais avoir besoin de temps…

— Tu penses au moins pouvoir nous rejoindre à Zagreb ?

Elle détourna le regard.

— Je ne sais pas…

Même s'il savait qu'il était extrêmement injuste, il éprouvait de la colère et une terrible frustration.

— Tu travailles pour moi, tu ne peux pas partir comme ça, lança-t-il avec plus de dureté qu'il ne l'aurait voulu.

— Tu n'as pas d'ordres à me donner !

— Tu ne peux pas tout laisser tomber.

— Tout laisser tomber ? Ça fait un mois que je travaille dur ! Alexandros, Susan et Nina peuvent très bien continuer sans moi, surtout pour la phase finale à Zagreb.

— C'est toi qui le dis.

— En effet. Je n'ai pas le choix : je dois aller voir mon père et ma sœur, comprendre ce qui s'est passé, estimer ce qu'il est en mon pouvoir de faire.

Nikos serra les dents. Il avait envie de la prendre dans ses bras, mais quelque chose le retenait.

— Très bien. Je mets l'hélicoptère à ta disposition.

— Je n'en ai pas besoin, j'ai déjà pris mon billet. Mais… merci.

Bon sang, pourquoi attachait-il autant d'importance à cette femme qui n'en faisait qu'à sa tête ?

— Tiens-moi au courant.

— Je t'appellerai, oui.

Elle se hissa sur la pointe des pieds et déposa un baiser tendre sur sa bouche, sans qu'il puisse réagir.

Puis il la regarda quitter la pièce.

Il aurait voulu courir après elle, la prendre dans ses bras et l'embrasser à perdre haleine, mais la violence de sa déception le paralysait.

13.

Lisa avait prévenu Maria de son arrivée, et celle-ci était venue la chercher à l'aéroport de Bologne.

Dès qu'elle la vit arriver, sa sœur courut vers elle et la serra dans ses bras.

— Comme tu m'as manqué ! s'écria Maria en l'embrassant sur les deux joues. Tu as fait bon voyage ? Tu n'es pas trop fatiguée ? Je suis tellement désolée de t'avoir forcé la main alors que tu n'as pas terminé ton contrat…

Lisa sourit devant l'air navré de sa sœur.

— Oh ! ne t'inquiète pas pour ça. J'ai fait ce que j'avais à faire à Rab, et il était temps que je rentre.

Maria fronça les sourcils.

— Ah bon ? Mais tu ne devais pas y rester encore un peu, et puis ensuite aller à Zagreb ?

— Non, cela aurait été inutile, je t'assure.

Sa sœur lui prit la main.

— Ça me fait tellement plaisir de te voir…

— Moi aussi, répondit Lisa avec tendresse. Donne-moi vite des nouvelles de papa.

— Oh ! il refuse de parler de tout ça avec moi. Peut-être que tu sauras le persuader de se confier. Il est tellement têtu…

— Mais comment as-tu su qu'il avait de telles difficultés financières ?

— C'est Felipe. C'est lui qui m'en a parlé le premier…

Le bras droit de leur père. Oui, c'était logique, il savait tout des affaires du domaine, et il avait dû vouloir alerter Maria alors que leur père leur cachait la vérité, refusant de voir la réalité en face.

En voyant les paysages qui défilaient sur le chemin du retour, Lisa pensa, le cœur serré, au jour où elle était partie. Que de choses avaient changé depuis ! Et, alors qu'à l'aller elle avait eu l'impression que le trajet était trop rapide, elle trouvait à présent qu'il n'en finissait pas.

Une demi-heure plus tard, Maria arrêta enfin la voiture devant la grille du domaine.

— Je te laisse parler à papa, il t'attend sûrement au salon. Quant à moi, je vais à l'écurie rejoindre Felipe, annonça Maria en rougissant. Il y a pas mal de travail et j'ai promis de lui donner un coup de main.

Interdite, Lisa la regarda s'éloigner. Sa sœur avait rougi, vraiment ? Cela ne lui arrivait jamais... Y avait-il quelque chose entre elle et Felipe ? Elle avait déjà parlé de lui deux fois depuis qu'elles s'étaient retrouvées.

Décidément, elle était partie trop longtemps...

Sa valise à la main, Lisa entra dans la maison avec un sentiment mêlé de bonheur et de tristesse. Le bonheur de retrouver son foyer, et la tristesse de se sentir si différente depuis qu'elle en était partie.

Saurait-elle retrouver sa place ici, alors qu'elle avait découvert un autre monde dans les bras de Nikos ?

Refoulant ses larmes, elle se dirigea vers le salon. Son père était là, lisant près d'un feu de cheminée. Noisette, dans un panier, dormait près de lui.

— Tu es là, ma chérie ! s'exclama-t-il avec joie. Ton incorrigible sœur m'a annoncé ton arrivée. Alors, comme ça, elle t'a obligée à rentrer ?

Elle se pencha vers lui et le serra dans ses bras.

— C'est bon de te revoir, dit-il d'une voix chargée d'émotion, cette fois.

— Comment vas-tu, papa ?

— Mais très bien !

Lisa se détourna et caressa affectueusement la tête de la chatte.

— Et toi, Noisette, tu es heureuse de me revoir ? Pff… Quelle ingrate, elle ronronne mais elle n'ouvre même pas les yeux, dit-elle en riant doucement, avant de s'asseoir dans le fauteuil en face de son père. Papa, dis-moi la vérité sur la situation du domaine.

— Oh ! les choses ne vont pas aussi mal que ta sœur a pu te le faire croire.

Elle grimaça.

— Papa, je ne suis plus une enfant.

Son père détourna les yeux, et soupira.

— Bien… La vérité, même si je déteste en parler, la voici. Je ne parviens plus à faire face aux échéances des prêts que j'ai souscrits auprès de la banque.

— Elle ne t'a pas accordé de délai ?

Il balaya l'air de la main d'un air agacé.

— Peut-être un mois… Ce n'est pas le premier délai que je demande. En revanche, ce sera le dernier. Ensuite, si je n'ai pas une miraculeuse rentrée d'argent, je devrai vendre, passer la main… J'en tirerais sans doute un bon prix et, une fois les dettes payées, nous pourrions racheter une petite maison. Dans la région, pourquoi pas…

Il se passa la main sur les yeux d'un air las.

— Ta mère aurait tellement voulu que nous gardions le domaine, que nos petits-enfants y grandissent, acheva-t-il en lui souriant avec tristesse.

Lisa sentit sa gorge se nouer.

— Tu ne dois rien te reprocher. Tu as fait tout ce que tu pouvais.

— Oh ! je n'en suis pas certain… Je pense par exemple avoir raté le coche pour mettre en place des équipements plus modernes. J'aurais pu faire construire une piscine, par exemple, ou aménager une vraie école d'équitation… Monter des partenariats avec des établissements scolaires, organiser des visites du jardin… Bref, moderniser et me diversifier. Felipe m'en avait parlé quand il est arrivé, mais je n'ai pas voulu l'écouter, je me suis accroché à mes habitudes. En grande partie parce que c'est ce domaine-là que ta mère a connu et aimé. C'était stupide… Maintenant, je n'ai plus le temps.

Lisa se leva et s'agenouilla devant lui pour lui prendre les mains.

— Papa, arrête de te torturer ainsi. N'y a-t-il aucun moyen de faire attendre les banques plus longtemps ?

Il secoua la tête négativement.

Jamais Lisa n'avait eu l'impression qu'il était si âgé, et celui lui fendait le cœur.

— Non, je ne vois pas comment les choses pourraient s'améliorer.

— Eh bien, s'il le faut, lança-t-elle avec fougue, nous vendrons, oui, et nous trouverons une nouvelle maison pour nous trois. Nous serons heureux, papa. L'essentiel est d'être ensemble ! Je suis sûre que c'est ce que maman aurait dit.

— Oui, j'en suis certaine, moi aussi, lança une voix féminine depuis le seuil du salon.

Lisa et son père se tournèrent vers Maria, appuyée les bras croisés à l'encadrement de la porte.

— C'est bien, que tu sois rentrée, Lisa, ajouta-t-elle en souriant. Papa ne m'écoute pas, il croit que je suis nulle en affaires parce que j'aime la littérature ! Alors que toi tu es une scientifique capable de le comprendre !

Lisa et leur père éclatèrent de rire.

— Une scientifique, moi ? Mais je suis architecte !

— Ah, tu fais des calculs, et cela suffit pour te rendre crédible à ses yeux, répliqua malicieusement Maria. Bon, il faut aussi que tu nous racontes tout ce qui s'est passé depuis que tu es partie !

Deux semaines s'étaient écoulées depuis son retour en Italie, et une nouvelle fois son univers venait de s'écrouler, rebattant toutes les cartes. Cette fois, pour une raison encore plus inattendue…

Consternée, Lisa contemplait le bâtonnet du test de grossesse tandis qu'une fois de plus résonnaient dans sa tête les paroles que lui avait adressées Susan, peu de temps auparavant : « Avec lui, il vaut mieux ne pas trop t'impliquer. »

Cette mise en garde n'avait plus aucun sens aujourd'hui : impliquée, elle l'était au-delà de ce qu'elle avait jamais envisagé.

Enceinte.

Elle était enceinte de Nikos.

Comment cela avait-il pu arriver, et si vite ?

Une seule fois, ils n'avaient pas utilisé de préservatif. Et comme elle ne prenait pas la pilule…

Elle devait avertir Nikos. Comment allait-il réagir ? Il allait être sous le choc en apprenant cette nouvelle…

Et elle, qu'allait-elle faire ?

Déboussolée, elle jeta un regard circulaire à sa chambre. Ses livres d'architecture, classés avec soin au fil des années, ses livres et cahiers de cours, ses carnets, son matériel de dessin… Tout cela menaçait de partir en fumée parce qu'elle avait cédé à la passion dans les bras d'un homme qui refusait le moindre engagement et qui allait la rejeter sans ménagement pour ne pas s'encombrer de pareilles entraves.

Élever seule un enfant... Jamais elle n'aurait pensé que cela lui arriverait. D'ailleurs, soucieuse de privilégier sa carrière professionnelle, elle n'avait pas prévu d'avoir un enfant avant de nombreuses années... Sa carrière, songea-t-elle avec amertume. C'était pour celle-ci qu'elle avait commis la stupide erreur d'accepter l'offre de Nikos. Jamais elle n'aurait dû. Aujourd'hui, elle payait - et à quel prix ! – le fait de ne pas avoir été suffisamment fidèle à ses convictions.

Pas un instant elle ne supposait que Nikos pourrait considérer cette grossesse d'un point de vue positif.

C'était impossible.

Elle le revit en train de rire sur le bateau, lorsqu'ils étaient allés à Paradise Beach. Ce rire libre et insouciant, symbole de cette indépendance qu'il plaçait au-dessus de tout et à laquelle il ne renoncerait pour rien au monde.

Les larmes aux yeux, elle posa la main sur son ventre plat. Elle avait tant de mal à réaliser qu'elle portait un petit être en devenir, l'enfant de Nikos.

À cette pensée, une émotion indicible l'envahit. Quoi qu'il arrive, quelle que soit la réaction de Nikos, elle garderait cet enfant et l'élèverait.

Tant pis si sa carrière était fichue.

L'amour qu'elle éprouvait pour son bébé à naître l'emportait déjà sur tout.

Dès qu'elle aurait encaissé la nouvelle, elle appellerait Nikos.

Au bout du fil, elle n'entendit tout d'abord que le silence. Un silence glacial qui lui donna la chair de poule.

— Tu es enceinte ? demanda-t-il enfin avec stupéfaction. Mais comment cela a-t-il pu arriver ?

— Comme ces choses-là arrivent.

— Tu comprends ce que je veux dire.

Elle soupira.

— Sur le bateau… Cette fois-là, nous avons oublié de nous protéger.

— Je ne comprends pas, tu ne prends pas la pilule ?

Agacée, elle leva les yeux au ciel. Était-ce un reproche qu'il lui adressait ? Ce n'était vraiment pas le moment.

— Non… Je n'en avais pas besoin, je… Je n'ai pas une vie sentimentale très mouvementée. Et, en arrivant à Rab pour travailler, je ne pensais vraiment pas que j'aurais une histoire avec un homme.

Une histoire… Elle ne savait même pas comment nommer le lien qui l'unissait à l'homme dont elle attendait l'enfant.

— Que vas-tu faire ? demanda-t-il enfin.

Elle sentit son cœur se serrer affreusement.

— Tu veux que… j'avorte ?

— Non ! s'exclama-t-il. Ce n'est pas ce que je voulais dire. Je voulais savoir quelles étaient tes intentions.

— Mes intentions ? répéta-t-elle sans comprendre.

— Oui. Tu m'as piégé, Lisa ?

Outrée, elle serra son téléphone à le briser.

— Tu penses que je l'ai fait exprès ? Comment peux-tu croire ça ?

— Tu sais très bien qu'il n'y a pas de place pour un enfant dans ma vie. La vie que je mène est trop… chaotique. Je passe mon temps à travailler, à voyager.

Lisa se sentit pâlir. Heureusement qu'il ne pouvait pas la voir…

— Je comprends, dit-elle d'une voix blanche. Tu veux connaître mes intentions ? Eh bien, je peux t'assurer que je ne veux rien de toi. Ah si, juste une chose : peux-tu mettre un terme à mon contrat sans que cela me porte préjudice ?

— Ne t'inquiète pas pour ce contrat, répliqua-t-il durement.

Bouleversée, Lisa tentait désespérément de ne pas éclater en sanglots. Il voulait l'éloigner au plus vite… Il avait été clair, il ne voulait pas de cet enfant. Il devait être soulagé : elle venait de lui promettre qu'il pourrait conserver sa vie de célibataire, qu'il aimait tant.

Elle ferma brièvement les paupières. Elle pleurerait plus tard. Dans l'immédiat, elle devait juste faire face.

— Bien. Je te remercie.

Elle se concentra pour ne pas chanceler.

Allait-il raccrocher sans ajouter un mot ? N'aurait-il pas pitié d'elle ?

Plutôt que d'attendre qu'il mette un terme définitif à leur conversation, et pour toujours à leur histoire, elle raccrocha.

Jamais elle ne s'était sentie aussi seule.

14.

D'un air rêveur, Lisa caressa son ventre. Elle ne savait qu'elle était enceinte que depuis peu de temps, mais ce petit être prenait une place de plus en plus réelle et importante dans sa vie et dans ses pensées.

Elle posa les mains sur ses hanches et regarda le mur qu'elle venait de repeindre en bleu ciel.

Elle avait eu besoin d'un peu de temps avant d'annoncer la nouvelle à son père et à sa sœur. Tous deux s'étaient montrés bienveillants, compréhensifs et fous de joie. Cela l'avait rassurée. Lisa leur avait su gré de ne pas poser trop de questions sur le père de son futur enfant.

En revanche, elle n'avait eu aucune nouvelle de Nikos depuis qu'elle lui avait téléphoné.

Elle secoua la tête pour tenter de chasser cette pensée, tout en sachant déjà que c'était impossible. Pas une seconde ne passait sans qu'elle songe à lui, au père que son enfant ne connaîtrait jamais.

Au moins, les affaires du domaine semblaient s'arranger. Quelques jours plus tôt, leur père lui avait annoncé que les banques lui accordaient des prêts supplémentaires pour moderniser les gîtes et l'écurie. Sûrement avait-on compris l'extraordinaire potentiel du lieu. Comme quoi il ne faut jamais désespérer.

Elle avait donc entrepris de commencer à préparer une chambre pour son bébé, adjacente à la sienne. Elle prenait son temps, réfléchissait avec plaisir aux couleurs, à l'emplacement des meubles. Dès le début, elle avait décidé que le berceau serait près de la fenêtre, pour que l'enfant puisse voir la frondaison des arbres, le ciel, les nuages, quand les rideaux seraient ouverts.

Oui, tout serait prêt pour sa naissance. Et elle espérait qu'elle aussi le serait…

Son père l'avait persuadée de ne pas travailler à l'extérieur pendant sa grossesse, et de l'aider au domaine à la comptabilité et l'accueil des locataires.

Lisa se réjouissait que le banquier qu'il avait rencontré récemment ait été si compétent, qu'il ait su lui faire comprendre l'intérêt de transformer et de rénover les lieux. Désormais, son père était convaincu que le domaine était un lieu privilégié susceptible d'intéresser les touristes fortunés, qui financeraient ainsi en partie les travaux et l'entretien. Cela faisait longtemps qu'elle ne l'avait pas vu aussi enthousiaste. Autre conséquence positive, il laissait de plus en plus l'initiative à Felipe, ce dont Maria semblait se réjouir, songea Lisa, à la fois heureuse et mélancolique en songeant que sa sœur avait peut-être trouvé l'homme de sa vie. Elle aimait bien Felipe, et elle l'estimait. S'il devait devenir un jour son beau-frère, elle en serait heureuse.

Allons, assez de travaux manuels pour aujourd'hui ! se dit-elle en posant son pinceau dans le bac. Elle avait encore du temps devant elle. Elle emporta son matériel dans la cuisine, où elle le rinça soigneusement dans l'évier.

À présent, elle allait se pencher sur son avenir professionnel, devenu fort incertain. Dans l'idéal, elle aurait voulu trouver un travail dans une agence de Florence, et sans déplacements professionnels, songea-t-elle avec une petite grimace. Peut-être plus tard, mais dans les prochaines années elle ne voyait pas trop comment elle pourrait l'envisager.

Elle monta s'installer au bureau de sa chambre et ouvrit son ordinateur pour reprendre la lettre de candidature spontanée qu'elle avait commencé à rédiger la veille. Rien ne pressait, mais, si elle voulait recommencer à travailler quelques mois après la naissance de son enfant, elle devait commencer à prospecter. Elle avait également appelé quelques amis de l'école, qui lui avaient promis d'ouvrir l'œil pour elle.

Elle avait refait son CV, et, quand elle avait tapé la ligne « mission en Croatie pour Tsarakis Inc. », son cœur s'était serré et elle n'avait pas pu retenir ses larmes. Au moins, cette expérience était susceptible de retenir l'attention des agences d'architectes. Bien sûr, elle aurait préféré chercher quelque chose dans sa spécialité mais, si ça n'était pas possible, elle s'adapterait. Pas question qu'elle se retrouve à la charge de son père !

Dès qu'elle le pourrait, elle emménagerait à Florence, et inscrirait son bébé à la crèche. Ce serait plus facile que de rester au domaine, avec des temps de trajet trop longs. Le week-end, elle viendrait ici, bien sûr. Elle voulait que son père connaisse son petit-fils, ou sa petite-fille.

Son enfant ne connaîtrait jamais sa famille paternelle, mais elle voulait qu'il ait des racines : elle savait combien cela comptait dans la vie. Il ou elle grandirait entouré(e) de l'affection de ses proches.

Elle entendit frapper à la porte.

— Tout va bien ? dit Maria en l'entrebâillant légèrement. Tu veux un thé avec des cannelés que j'ai préparés avec amour ?

Lisa rit.

— Tu es une vraie tentatrice ! Comment dire non à une telle proposition ? Mais, si tu continues à me gâter ainsi, je vais prendre vingt kilos pendant ma grossesse.

Maria prit un air scandalisé.

— Moi, te faire grossir ? Allez, viens, je t'attends dans le salon. J'ai fait un feu.

— Oh ! Maria, tu es adorable ! s'écria Lisa avec émotion.

Maria s'approcha d'elle et posa la main sur son épaule.

— C'est normal… Je ne veux pas que tu sois triste à cause de ce sale type.

Lisa secoua la tête.

— Ce n'est pas un sale type…

— Jusqu'à preuve du contraire, si. Et un imbécile. On ne laisse pas filer une fille comme toi.

Lisa lui prit la main et la serra.

— J'aime quand tu prends ma défense de façon totalement partisane.

— Ça, c'est le charme de la famille, ma chère.

Les larmes aux yeux, Lisa la regarda quitter la pièce. Son père et sa sœur étaient aux petits soins pour elle, comme s'ils comprenaient à la fois sa joie, son chagrin et ses angoisses face à l'avenir.

C'était leur façon de lui dire qu'elle pouvait compter sur eux. Et c'était si précieux.

— Doucement, murmura Lisa à la jument dont elle brossait la robe couleur baie. Tout va bien, je te fais belle… J'en ai encore pour quelques secondes et après ce sera fini.

La douce lumière automnale pénétrait dans l'écurie, réchauffant le bois des poutres et des stalles. Bientôt, il y aurait trois poneys supplémentaires, de quoi lancer l'école d'équitation, animée par deux moniteurs qu'elle avait sélectionnés avec son père.

— Là, ma belle, j'ai presque fini…

— À te voir, on ne dirait pas que tu es architecte mais dresseuse de chevaux.

Lisa laissa tomber sa brosse de surprise. Cette voix… Non, elle ne devait pas se retourner sous peine de voir ce rêve s'évanouir. Si elle regardait derrière elle, il n'y aurait personne, et sa peine serait plus immense encore. Était-elle en train de devenir folle parce qu'elle pensait trop à lui, jour et nuit ?

— Je ne t'ai pas fait peur, j'espère ?

La nuance d'inquiétude dans cette voix qu'elle aimait tant… Impossible, elle ne rêvait pas.

Lentement, Lisa se retourna vers les portes de l'écurie. *Nikos.*

Il était là. Beau comme un dieu, ses cheveux noirs légèrement en bataille, les joues ombrées d'une barbe naissante, grand, élégant dans son pantalon chino kaki et un T-shirt noir.

Comment était-ce possible ? Quoi qu'il porte, il était toujours élégant, songea-t-elle, bouleversée.

Les mains dans les poches de son pantalon, il ne la quittait pas des yeux. Il avait l'air fatigué, et ses yeux brillaient avec intensité.

— Qu'est-ce… Qu'est-ce que tu fais là ? demanda-t-elle d'une voix à peine audible, qui lui semblait venir de très loin. Je te croyais à Zagreb, ou à Athènes… je ne sais plus.

— Oh ! j'avais très envie de visiter Florence et ses environs, répondit-il avec un sourire ironique.

Mais très vite il redevint sérieux.

— Comment vas-tu, Lisa ?

— Je vais bien… Enfin, je crois. Ta visite est tellement… inattendue.

— Tu ne vas pas t'évanouir, n'est-ce pas ? demanda-t-il avec inquiétude, tout en s'approchant d'elle à la hâte.

— Non ! cria-t-elle en levant la main pour l'arrêter.

Elle ne voulait pas qu'il soit trop près d'elle. Cela serait trop douloureux de ne pas pouvoir le toucher.

Il s'immobilisa.

— Non, je ne vais pas m'évanouir, dit-elle pour le

rassurer. Ne t'inquiète pas. Mais vas-tu me dire ce que tu viens faire ici ?

— À part du tourisme ?

— Oui, dit-elle sans pouvoir s'empêcher de sourire.

— Te voir, peut-être ?

— Me voir… Pour quelle raison ?

— Oh ! peut-être parce que tu attends un enfant de moi, par exemple.

Quelle idiote… Qu'avait-elle espéré ? Et elle ne devait pas se plaindre. C'était déjà incroyable qu'il se préoccupe de son enfant…

Son regard brun se fit plus intense, et elle se sentit frémir.

— Et puis aussi parce que tu es la femme que je veux épouser.

Elle écarquilla les yeux.

— M'épouser, moi ? Mais… Pourquoi ?

— Que de questions, Lisa, dit-il doucement, tout en s'approchant un peu plus.

— Non, ne t'approche pas ! Je ne veux pas que tu sois tout près de moi.

Il fronça les sourcils.

— Je te fais horreur à ce point ? Tu m'en veux tellement ?

— Mais non !

Elle secoua la tête. Il était si près qu'elle sentait son odeur, la chaleur de sa peau.

— Je ne veux pas que tu sois trop près pour ne pas être tentée de… te toucher.

Il éclata de rire et franchit les quelques centimètres qui les séparaient encore.

— Et pourquoi tu ne me toucherais pas ? Moi-même, j'ai très envie de te caresser.

Elle frissonna, refusant de se laisser aller.

— Je ne te crois pas… Tu as des remords au sujet du bébé ?

— Des remords ? Oh non, aucun, tu me connais : je ne suis pas du genre à éprouver des remords.

— Mais alors pourquoi ?

— Ça me paraît évident. Parce que je t'aime.

— *Tu m'aimes ?*

— Oui, passionnément. Et c'est pour ça que je veux t'épouser. Depuis que tu es partie, j'ai eu le temps de réfléchir, de comprendre enfin ce que je refusais de voir. Je crois que je suis tombé amoureux de toi dès l'instant où je t'ai vue… Il m'a fallu un peu de temps pour comprendre que cet amour ne m'enlèverait pas ma liberté, au contraire.

Il la prit dans ses bras et l'embrassa avec passion, sans qu'elle songe une seconde de plus à résister.

— Alors ? demanda-t-il contre sa bouche. Tu veux bien devenir ma femme ?

— Oui, bien sûr que oui ! s'écria-t-elle en riant entre ses larmes de joie.

— Et tu crois que je peux te faire l'amour tout de suite sur le sol de cette écurie ?

Elle éclata de rire.

— J'adorerais, mais nous offenserions la pudeur de cette belle jument. Mais sois patient, je te fais visiter la maison, je te présente à ma famille et ensuite je te montre ma chambre.

— Patient… C'est vraiment parce que c'est toi, dit-il avec un soupir avant de l'embrasser de nouveau.

Épilogue

— Quel culot ! Tu veux que je te cède ma place devant cette cuisinière, alors que tu m'as caché la vérité, je te le rappelle ! s'exclama Lisa en riant.

Son père prit un air contrit.

— J'avais promis à Nikos.

— Tu as cédé devant la puissance financière de ton futur gendre ! Donner la priorité sur ta fille à un homme que tu ne connaissais pas… Quelle honte !

Son père secoua la tête.

— Pas du tout. C'est uniquement parce que j'ai compris, justement, que j'avais affaire à ton futur mari. Et puis il s'est tellement démené pour prendre contact avec moi et me convaincre d'accepter son aide…

Lisa fit la moue.

— Hum… Dire qu'il n'y a pas si longtemps tu te désespérais à l'idée de devoir nous partager avec des gendres envahissants… Mais je t'accorde mon pardon.

Avec un sourire à la fois malicieux et ému, elle tendit à son père la cuillère en bois qu'elle utilisait pour remuer son risotto aux cèpes. Mais, au lieu de la saisir, il ouvrit les bras et étreignit Lisa.

— Personnellement, je trouve que ton père a été parfait, lança Nikos, qui entrait au même moment dans la cuisine. Il a su garder le secret, et ça n'a pas dû être facile.

Il se dirigea aussitôt vers eux.

— Et il sera encore plus parfait s'il me rend sa fille !

Le père de Lisa prit un air faussement offensé et fit mine de s'écarter à regret.

— J'ai eu tort de lui faire confiance, tu as raison, dit-il à sa fille avant de prendre enfin la cuillère.

Ils éclatèrent de rire tous les trois, et Nikos serra Lisa dans ses bras avant de l'embrasser avec tendresse.

Depuis qu'elle savait qu'il avait procuré à son père des fonds pour le domaine, et offert sa caution auprès des banques, elle avait l'impression de vivre un vrai conte de fées.

Cet homme était un magicien.

Très vite, il l'avait aussi convaincue de s'investir plus avant dans la rénovation du domaine. Avec conviction, il avait su lui faire comprendre qu'elle pourrait y travailler librement. « Ensuite, tu pourras te lancer dans d'autres projets, mais je pense que tu as besoin de faire ça avec ton père. Pour ta mère. »

Il avait raison.

Tous les deux s'étaient installés à Florence, dans un appartement spacieux qu'ils adoraient, et elle s'était lancée avec joie dans ce nouveau travail inattendu, qui lui permettait de voir très souvent son père et sa sœur. À présent, elle se sentait davantage en paix avec elle-même qu'elle ne l'avait jamais été.

En paix, et follement heureuse, grâce à l'homme qu'elle aimait de tout son cœur et qui allait bientôt devenir son mari. Quand ? Ni lui ni elle ne le savaient exactement : Nikos lui avait demandé si elle était d'accord pour attendre que Theo soit de nouveau parmi eux, et elle avait accepté, bien sûr.

Car ce qui comptait, c'était de l'avoir avec elle chaque jour du reste de sa vie, et qu'il la comble de son amour comme elle lui offrait le sien, en attendant la naissance de leur bébé.

Vous avez aimé *Un désir interdit* ?
Retrouvez en numérique le premier volet de votre série
« Les Tsarakis » :

1. *L'héritier de Sacha Tsarakis*
2. *Un désir interdit*

Et découvrez la suite de votre série
dès le mois prochain dans votre collection Azur !

Retrouvez prochainement,
dans votre collection

AZUR

Un roi pour patron, de Millie Adams - N°4411

Rien ni personne ne résiste au roi Matteo de la Cruz. Aussi est-il stupéfait quand Livia, sa parfaite assistante dont il ne sait plus se passer, refuse sa demande en mariage. Certes, il ne s'agirait entre eux que d'un arrangement dénué de sentiments mais Livia, qu'il a autrefois sortie du ruisseau, n'en tirerait que des avantages… Or, alors qu'il essaye de la faire revenir à la raison, Livia pousse l'affront jusqu'à lui présenter sa démission. Un rejet que Matteo n'est pas prêt à accepter. Bientôt, son assistante sera sa reine !

Un secret à Noël, de Sharon Kendrick - N°4412

Embauchée comme serveuse à l'occasion d'un gala de Noël, Hollie tombe sous le charme de Maximo Diaz, un irrésistible milliardaire espagnol. Aussi, quand celui-ci l'invite à partager une nuit avec lui – une seule ! –, cède-t-elle à la tentation, tout en sachant que cet homme restera à jamais hors d'atteinte. Mais voilà que peu de temps après cette parenthèse passionnée Hollie se découvre enceinte. Désormais, elle n'a d'autre choix que de se rendre au château de l'homme solitaire et envoûtant qui lui a fait perdre la raison, pour lui révéler qu'il sera bientôt père…

Le retour de Duarte Avelar, d'Amanda Cinelli - N°4413

Duarte a vécu l'enfer. Revenu d'entre les morts, il s'est battu pour rentrer chez lui, alors que tous le croyaient disparu à jamais. Pressé de renouer avec la vie qui lui a été arrachée – celle d'un milliardaire à qui tout réussit –, il doit d'abord recouvrer la mémoire. Or la clé de ses souvenirs pourrait bien être une jeune femme qui hante ses nuits. Sitôt qu'il l'a identifiée, Duarte se précipite donc à Rio pour trouver Nora Beckett, sans savoir quel lien existe entre eux. Et c'est avec stupeur qu'il découvre que la belle attend un enfant de lui !

Une reine à New York, de Natalie Anderson - N°4414

Prendre la place de sa jumelle. Au départ, l'idée paraissait séduisante à la reine Jade. Quitter son palais de Monrova – et ses devoirs – pour passer Noël à New York lui semblait même le comble de l'audace. Seulement voilà, avant de pouvoir profiter de sa liberté, elle doit affronter Alvaro Byrne, le patron de sa sœur. Saura-t-elle convaincre cet homme exigeant et autoritaire qu'elle est sa précieuse collaboratrice ? Surtout, parviendra-t-elle à ignorer le désir qu'il fait naître en elle pour jouer son rôle ?

Séduction au palazzo, de Julia James - N°4415

Jenna retient son souffle, tandis qu'elle pénètre dans le *palazzo* du signor Evandro Rocceforte. C'est là, au cœur de la campagne piémontaise, qu'elle vivra quelques semaines en tant que tutrice de la petite Amélie, la fille du maître des lieux. Si cette perspective la réjouit de prime abord, Jenna ne tarde pas à prendre peur. En effet, la cohabitation avec son mystérieux patron pourrait s'avérer plus difficile que prévu, si elle en croit la passion qui brûle aussitôt entre eux, intense et interdite…

L'hiver d'une princesse, de Leah Ashton - N°4416

Alors qu'elle s'apprête à épouser un homme qu'elle n'aime pas, Ana, princesse de Vela Alda, prend la fuite. Persuadée d'avoir fait le bon choix, elle doit toutefois trouver un refuge, et vite. Et c'est chez Rhys North, un expert en sécurité ami de son frère, qu'elle pose ses bagages. Auprès de cet homme protecteur, elle espère échapper au scandale provoqué par ses noces interrompues. Mais c'est une tout autre rumeur qui menace bientôt sa fragile sérénité. Conquise par Rhys, Ana entame une liaison avec lui – et se retrouve enceinte…

Une promesse à honorer, de Jessica Gilmore - N°4417

Sous le choc, Amber aperçoit dans la foule le prince Tristano Ragrazzi. Loin d'être un inconnu pour elle, cet homme est l'incarnation de l'existence dorée mais dénuée de liberté qu'elle a fuie huit ans auparavant. Promise autrefois à Tristano, elle a en effet brisé leur mariage arrangé sans un mot, pour se fondre dans l'anonymat. Impossible aujourd'hui de renier plus longtemps son titre de princesse et les responsabilités qui lui incombent, car Tristano exige qu'elle rentre avec lui au palais d'Elsornia et qu'enfin elle l'épouse !

Des jumeaux pour un milliardaire,
de Lynne Graham - N°4418

SÉRIE : *LES MARIÉES DE NOËL* - 2/2

Amy accueille toujours Noël avec joie – sans doute parce qu'elle a été privée de fêtes toute son enfance. Mais cette année son bonheur est à son comble. Depuis sa rencontre avec Sevastiano Cantarelli, elle se sent pousser des ailes… au point qu'elle finit par s'abandonner à la passion entre ses bras. Un moment d'égarement qu'elle ne tarde pas à regretter, hélas ! Car tout en prenant conscience que Sevastiano ne partagera jamais ses sentiments Amy découvre qu'elle attend des jumeaux de lui…

Son ennemi pour amant, de Kate Summer - N°4419

SÉRIE : *LES TSARAKIS* - 3/3

Se venger de l'homme à cause duquel il a perdu sa famille et l'atteindre dans ce qu'il a de plus cher, c'est le seul objectif de Theo Tsarakis. Pourtant, quand il rencontre la belle-fille de son ennemi pour lui annoncer que le contrat qui aurait pu lancer sa carrière de jeune photographe est annulé, il se sent étrangement déstabilisé. Juliet est belle, pleine de charme, terriblement séduisante… Devant son regard innocent, Theo se sent soudain incapable de s'en prendre à elle. Avant de trouver la solution à son dilemme : il fera de Juliet sa maîtresse, avant de la quitter en lui révélant qui est réellement ce beau-père qu'elle adore…

Un trône pour Noël, de Nina Milne - N°4420

SÉRIE : *NOËL ROYAL À CASAVALLE* - 3/3

Gabriella vient tout juste de découvrir qu'elle est une princesse, l'héritière du trône de Casavalle. Et elle a les plus grandes difficultés à s'adapter à son nouveau statut royal. Alors qu'un soir d'hiver elle cherche à oublier son devoir le temps d'une chevauchée, elle rencontre un sublime inconnu qui fait aussitôt battre son cœur. Quelle n'est pas sa surprise d'apprendre bientôt que celui qui l'a conquise d'un seul regard n'est autre que le prince Cesar d'Aguilarez, à qui sa famille la destine ! Gabriella n'a aucune envie de contracter une union de convenance, mais se pourrait-il que devoir et désir se mêlent pour transformer ces noces arrangées en un mariage d'amour ?

À la merci de Dario Olivero, de Kate Walker - N°4421

Afin de décourager un prétendant trop insistant, Alyse a mis au point un plan parfait : elle va séduire un inconnu à la soirée de gala à laquelle elle est invitée. Un plan parfait, vraiment ? En théorie seulement. Car, sous les baisers brûlants de Dario Olivero, cet Italien plus époustouflant que tous les princes de contes de fées, elle se sent happée par la passion. Frappée par un véritable coup de foudre ! Et elle, d'habitude si sage, se laisse surprendre dans une position compromettante par son amoureux éconduit… Désormais, la voilà seule, fuyant dans la nuit. Car son prétendant lui a annoncé qu'il n'hésiterait pas, pour laver cet affront, à se venger d'elle et de sa famille…

PASSIONS

Rêve. Trahison. Tentation.

Un homme et une femme.
Deux héros que tout oppose.
Ils n'ont rien en commun…
Ils ne croient plus en l'amour…
Ils sont amants… Ils sont rivaux…
Ils n'étaient pas censés s'aimer.
Et pourtant…
Ils vont renouer avec la passion.

6 livres à découvrir tous les mois.

OFFRE DE BIENVENUE !

Vous êtes fan de la collection Azur ?
Pour prolonger le plaisir, recevez gratuitement

◆ 2 livres Azur gratuits ◆
et 1 cadeau surprise !

Une fois votre colis de bienvenue reçu, si vous souhaitez continuer à recevoir nos romans Azur, cela se fera automatiquement. Vous recevrez alors chaque mois 6 romans inédits de cette collection au tarif unitaire de 4,60€ (Frais de port France : 2,39€).

➨ LES BONNES RAISONS DE S'ABONNER :

Aucun engagement de durée ni de minimum d'achat.
◆
Aucune adhésion à un club.
◆
Vos romans en avant-première.
◆
La livraison à domicile.

➨ ET AUSSI DES AVANTAGES EXCLUSIFS :

Des cadeaux tout au long de l'année.
◆
Des réductions sur vos romans par le biais de nombreuses promotions.
◆
Des romans exclusivement réédités notamment des sagas à succès.
◆
Des points fidélité échangeables contre des livres ou des cadeaux.

➨ REJOIGNEZ-NOUS VITE EN COMPLÉTANT ET EN NOUS RENVOYANT LE BULLETIN !

N° d'abonnée (si vous en avez un) ☐☐☐☐☐☐☐☐ Z1ZEA6

Mme ❐ Mlle ❐ Nom : .... Prénom : ....

Adresse : ....

CP : ☐☐☐☐☐ Ville : ....

Pays : .... Téléphone : ☐☐☐☐☐☐☐☐☐☐

E-mail : ....

Date de naissance : ☐☐ ☐☐ ☐☐☐☐

Renvoyez cette page à : Service Lectrices Harlequin – CS 20008 – 59718 Lille Cedex 9 - France

Date limite : **31 décembre 2021.** Vous recevrez votre colis environ 20 jours après réception de ce bon. Offre soumise à acceptation et réservée aux personnes majeures, résidant en France métropolitaine. Prix susceptibles de modification en cours d'année. Vous pouvez demander à accéder à vos données personnelles, à les rectifier ou à les effacer. Il vous suffit de nous écrire en nous indiquant vos nom, prénom et adresse à : Service Lectrices Harlequin - CS 20008 - 59718 LILLE Cedex 9. Harlequin® est une marque déposée du groupe HarperCollins France – 83/85, Bd Vincent Auriol – 75646 Paris cedex 13. Tél : 01 45 82 47 47. SA au capital de 3 120 000€ - R.C. Paris. Siret 31867159100069/APE5811Z.

RESTEZ CONNECTÉ AVEC HARLEQUIN

Harlequin vous offre un large choix de littérature sentimentale !

Sélectionnez votre style parmi toutes les idées de lecture proposées !

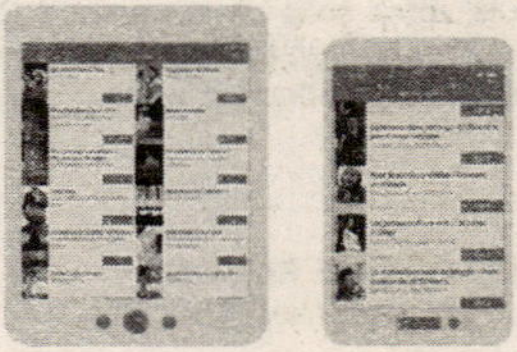

www.harlequin.fr

- **Découvrez** toutes nos actualités, exclusivités, promotions, parutions à venir…
- **Partagez** vos avis sur vos dernières lectures…
- **Lisez** gratuitement en ligne
- **Retrouvez** vos abonnements, vos romans dédicacés, vos livres et vos ebooks en précommande…

L'application Harlequin

- Des **ebooks gratuits** inclus dans l'application
- **50 nouveautés tous les mois** et + de 7 000 ebooks en téléchargement
- Des **petits prix** toute l'année
- Une **facilité de lecture** en un clic hors connexion
- Et plein d'autres avantages…

Téléchargez notre application gratuitement

Télécharger dans l'App Store

DISPONIBLE SUR Google Play

SUIVEZ-NOUS !

facebook.com/HarlequinFrance

twitter.com/harlequinfrance

OFFRE DÉCOUVERTE !

Vous souhaitez découvrir nos collections ? Recevez **votre 1er colis gratuit* avec 1 cadeau surprise !** Une fois votre colis de bienvenue reçu, si vous souhaitez continuer à recevoir nos livres, cela se fera automatiquement. Vous recevrez alors vos livres inédits** en avant-première.

Vous n'avez aucune obligation d'achat et cette offre est sans engagement de durée !

*1 livre offert + 1 cadeau / 2 livres offerts pour la collection Azur + 1 cadeau.
Pour la collection Intrigues : 1er colis à 17,25€ avec 2 livres + 1 cadeau.
**Les livres Ispahan, Sagas, Gentlemen et Hors-Série sont des réédités.

☛ **COCHEZ la collection choisie et renvoyez cette page au**
Service Lectrices Harlequin – CS 20008 – 59718 Lille Cedex 9 – France

Collections	Références	Prix colis
❑ **AZUR**	Z1ZFA6	6 livres par mois 29,99€
❑ **BLANCHE**	B1ZFA3	3 livres par mois 24,45€
❑ **LES HISTORIQUES**	H1ZFA2	2 livres par mois 17,09€
❑ **ISPAHAN**	Y1ZFA3	3 livres tous les 2 mois 23,85€
❑ **PASSIONS**	R1ZFA3	3 livres par mois 25,89€
❑ **SAGAS**	N1ZFA3	3 livres tous les 2 mois 28,86€
❑ **BLACK ROSE**	I1ZFA3	3 livres par mois 26,19€
❑ **VICTORIA**	V1ZFA3	3 livres tous les 2 mois 26,19€
❑ **GENTLEMEN**	G1ZFA2	2 livres tous les 2 mois 17,35€
❑ **HARMONY**	O1DFA3	3 livres tous les mois 20,16€
❑ **ALIÉNOR**	A1ZFA2	2 livres tous les 2 mois 17,75€
❑ **HORS-SÉRIE**	C1ZFA2	2 livres tous les 2 mois 18,25€
❑ **INTRIGUES**	T1ZFA2	2 livres tous les 2 mois 17,25€

N° d'abonnée Harlequin (si vous en avez un) __________

Mme ❑ Mlle ❑ Nom : __________

Prénom : __________ Adresse : __________

Code Postal : __________ Ville : __________

Pays : __________ Tél. : __________

E-mail : __________

Date de naissance : __________

Date limite : 31 décembre 2021. Vous recevrez votre colis environ 20 jours après réception de ce bon. Offre soumise à acceptation et réservée aux personnes majeures, résidant en France métropolitaine, dans la limite des stocks disponibles. Prix susceptibles de modification en cours d'année. Vous pouvez demander à accéder à vos données personnelles, à les rectifier ou à les effacer. Il vous suffit de nous écrire en nous indiquant vos nom, prénom et adresse à : Service Lectrices Harlequin CS 20008 59718 LILLE Cedex 9. Service Lectrices disponible du lundi au vendredi de 9h à 17h : 01 45 82 47 47.

Harlequin® est une marque déposée du groupe HarperCollins France – 83/85, Bd Vincent Auriol – 75646 Paris cedex 13. SA au capital de 3 120 000€ – R.C. Paris. Siret 31867159100069/APE5811Z.